도로시

도로시

김효찬 소설

은색 캔버스화와 사자갈기	11
똑똑한 허수아비와 양철 운전사	41
도우주를 찾아서	67
달리기	91
빈자리를 사랑하는 방법	115

은색 캔버스화와 사자갈기

도로시는 엄마가 미웠다. 왜 내 이름은 이 모양인 거야. 도로시는 실내화 가방을 발로 괜히 튕겼다. 툭 차면 잠시라도 멀리 떨어지는 가방처럼 생각과 감정도 툭 쳐서 멀리 날려버리고 싶었다. 엄마는 도로시의 이름이 자신의 딸에게 안성맞춤이라며 좋아했다. 캔자스에 마법처럼 떨어진 한국계 소녀에게, 그것도 아빠의 성이도 씨인 자신에게 딱 들어맞는 것은 사실이었다. 도로시는 가끔 자신의 이름이 촌스럽다며 볼멘소리를 했다. 하지만 엄마가 자신의 이름 세 글자에 햇살 같은 애정과 약간의 장난기를 담아서 부를 때는 절로 웃음이 번질 수밖에 없었다. 나름대로 마음에 들었던 이름이었는데. 자기충족 예언이라고 했던가, 도로시의 인생은 정말 이름대로 180도 뒤집혔다. 정신을 차려보니 가족도 집도 없이 오즈만큼이나 낯선 한국에 떨어져 버렸다.
'나에게도 마법 구두가 있으면 좋을 텐데.'
도로시는 괜히 은색 캔버스화 뒷굽을 세 번 톡톡 내려쳤다. 물론 아무 일도 일어나지 않았다. 여기는 오즈가 아니니까. 돌아가신 부모님이 마법처럼 다시 살아나는 일 따위는 없었다. 그녀가 가졌던 삶과 가질 수 있었던 미래도 돌아오지 않을 것이다.

도로시는 캔자스에서의 삶을 사랑했다. 어떤 친구들은 더러 원대한 꿈을 가지고 지루한 미국 중부를 벗어나 뉴욕으로, 로스앤젤레스로, 대서양을 건너 런던으로 날아오르고 싶어 했다. 도로시는 달랐다. 그녀는 일몰 즈음 이층 침실 창가에 앉아있기를 좋아했다. 창문 너머로 광활하게 뻗어있는 밀 이삭이 금빛 파도처럼 일렁이는 순간을 사랑했다. 캔자스의 평지를 거세게 박차고 날아오르듯이 달릴 때 폐부로 밀려들어 오는 공기마저 좋았다. 이미 캔자스에는 도로시의 행복이 한가득 배어있었다. 그래서 도로시의 꿈은 캔자스에만 머물렀다. 고등학교를 졸업하면 부모님의 품을 떠나 대학교에도 갈 것이었고 젊을 때는 도시에 자리 잡고 싶기는 했다. 하지만 이따금 거실 소파에서 부모님 사이에 웅크릴 수 있는 순간이 그리울 때마다 집에 금방 돌아올 수 있는 곳까지만 가고 싶었다. 언젠가는 아예 농장을 물려받아 땀 흘리고 손에 흙을 묻히면서 땅을 일구는 것이 도로시의 꿈이었다. 충분히 일어날 수 있는 행복이었다.

그 사고가 일어나기 전까지는.

유독 강력한 토네이도였다. 캔자스의 폭풍우는 1톤짜리 트럭마저 무참하게 날려버릴 만큼 거셌다. 토네이도가 가라앉고 마침내 찾은 부모님의 잔해는 형체를 알아볼 수 없을 만큼 망가져 있었다. 처참한 유해를 제대로 보지도 못한 도로시는 떨리는 두 손으로 유골함만을 받아 들었다. 그렇게 사이좋던 한 쌍의 부부는 결혼 맹세대로 한날한시에 죽었다. 맹세에는 포함되지 않았던 그들의 열여덟 딸만 홀로 덩그러니 남겨졌다. 부모님과 함께 한 도로시의 모든 추억이 스며 있던 농장은 이름도 모르는 개발자에게 팔려 버렸다. 그녀에게 남은 친척이라고는 엄마의 여동생뿐이었다, 한 번도 가보지 않은 한국에 살고 있는 이모. 이모는 도로시가 영혼에 뚫린 부모님의 구멍을 실감할 시간조차 주지 않은 채 한국으로 데려갔다. 그렇게 도로시는 서울도 아닌 지방의

들어보지도 못한 도시에 끌려왔다.

어쩌면 사람들은 실로 올올이 엮여 있을지도 모른다. 중력보다 더 강하게 사람의 발을 땅에 붙여놓고 삶의 조각들을 알알이 꿰어준다. 도로시는 자신이 실이 다 끊겨 폭삭 주저앉은 목각인형 같았다. 자신을 붙들어주던 부모님, 친구들, 캔자스가 한꺼번에 사라지자 온전했던 마음이 와르르 조각나서 움직이지도 못하게 되어버렸다. 언젠가 계란프라이를 하려다가 부화하지 못한 병아리를 발견한 때가 떠올랐다. 채 생명이라고 부르기에는 너무 연약하고 털조차 없는 붉은 덩어리. 후 불면 금세 날아갈 것 같이 가볍지만 홀로는 날아오르지 못하는 것.

그녀는 교문 앞에서 우뚝 멈춰 섰다.

'학교에 가기 싫어.'

흔한 사춘기 청소년의 반항심 따위가 아니었다. 캔자스에서 도로시는 평범한 학생이었다. 하이틴 영화에 나온다면 흔한 단역을 맡을 법한 학생. 친구들과 팔짱을 끼고 복도를 거닐면 아무도 도로시를 유심히 쳐다보지 않았다. 그녀가 받은 관심의 크기는 종종 들려오는 인사 소리만큼이나 가볍고 산뜻했다. 그래서 한국에서는 학교에 가는 것이 너무 싫었다. 집요한 관심이 담긴 시선이 온몸에 덕지덕지 붙는 기분은 익숙해질 수 없었다.

"오늘 전학 온 친구란다. 인사해야지."
 전학 온 첫날, 도로시의 새로운 담임선생님은 그녀의 느릿한 발걸음을 이끌고 반으로 향했다. 이모에게서 사정을 들었는지 선생님의 눈빛에는 동정과 안타까움이 가득 담겨 있었다.
"전학 온 도, 로시입니다."
 그녀의 목소리는 이리저리 비틀거렸다. 한국어로 자신을 소개하는 일 자체가 익숙하지 않아 머뭇거림이 묻어나왔다. 그리고 무엇보다도 그녀의 독특한 이름에 대한 반응이 빤히 보였다. 쏟아지는 시선이 따갑게 날아와 박혔다.
"도로시? 무슨 영어 이름 같네."
 미약한 목소리에도 불구하고 이름을 제대로 들은 앞자리의 아이가 큰 목소리로 놀라움을 드러냈다. 그러자 반 전체가 시끌벅적해졌다.
 이름 되게 특이하다!
 도로시는 그 무슨, 동화에 나오는 애 이름 아니야?

신기하다. 성이 도 씨인가? 그러면 이름이 로시?

"자, 자 조용!"

담임선생님은 출석부를 교탁에 탕탕 두드리면서 아이들을 주목시켰다. 제발 다른 말은 하지 않고 구석의 빈자리에 앉게 해주기를 도로시는 간절히 바랐다. 기대는 부서졌다.

"도로시는 미국에서 전학 왔으니까 적응할 수 있게 다들 잘 도와주도록!"

이제 들어가도 돼, 선생님은 작게 속삭이며 도로시의 어깨를 다독였다. 나쁜 사람은 아닐 터였다. 하지만 선의에서 비롯된 행동이 다 도움이 되는 것은 아니었다. 기껍지만은 않은 동정을 애써 삼키며 도로시는 쭉 나열된 책상 사이를 지나갔다.

반의 뒷줄 구석 빈자리에 앉자마자 앞에 앉아있던 여자애가 불쑥 고개를 돌렸다.

"미국에서 전학 왔다고?"

도로시는 짧은 대답을 하기에도 이미 지친 상태였다. 여기에서 하루 종일 있어야 한다니 막막하기만 했다. 그런 심정을 모르는 앞자리의 아이는 해맑게 물었다.

"왜? 어쩌다가 미국에서 갑자기 한국까지 왔어?"

미국에서 온 전학생이 궁금했던 아이들은 점점 도로

시의 자리 주변으로 몰려들었다. 도로시는 미국에서 한국까지 날아오게 된 폭풍우 같은 일련의 사건을 떠올렸다. 캔자스. 토네이도. 동쪽 마녀처럼 깔려 죽은 부모님의 유해. 아직 뿌리지 못한 하얀 뼛가루.

도로시는 두 눈을 꼭 감았다. 눈을 감았다 뜨면 모든 것이 사라졌으면 좋겠다고, 다시 그녀의 현실로, 캔자스로, 부모님에게로 돌아가고 싶다고 간절히 바랐다. 명치 아래에서부터 해일 같은 울음이 밀려올 것만 같았다.

"얘들아, 이제 수업 시작할 텐데 자리에 앉자."

에이, 반장. 재미없게. 웅성거리는 소리가 점점 잦아들고 적당한 적막만이 남았다. 누군가가 도로시의 옆자리에 털썩 앉았다.

"안녕, 내 이름은 지호야."

아이들을 제자리로 돌아가게 만든 반장의 목소리가 오른쪽 귀를 간질였다. 도로시는 질끈 감았던 눈을 떴다. 그녀는 옆자리의 아이를 쳐다보지도 않은 채 왼쪽의 창문으로 고개를 완전히 돌렸다. 창밖은 도로시의 마음속과 달리 고요했다.

지호는 담임선생님께 도로시의 사정에 관해 귀띔 받은 것 같았다. 그는 도로시에게 괜히 접근하는 아이들을 적당히 떨쳐내면서 곁을 지켰다. 그러면서도 다른 아이들에게 극적인 그녀의 과거사를 떠벌리지 않고 입을 꼭 다물었다. 그럼에도 불구하고 복도를 지나갈 때마다 그녀의 눈길 한구석에는 수군거리는 모습이 걸렸다. 여기에서 도로시는 그저 특이한 이름을 가진 이방인일 뿐이었다.

  오늘만큼은 홀로 부유하는 것 같은 외로움을 느끼고 싶지 않았다. 교문에 들어서면 그녀가 속하지 못하는 세상이 살갗에 맞닿아올 것이 뻔했다. 도로시는 그대로 발걸음을 돌려 학교에서 멀어졌다.

  '집에 가고 싶어.'

  하지만 도로시의 집은 어디일까? 캔자스의 농장과 이층집은 이미 부서지고 사라져서 낯선 무언가가 들어서 있을 터였다. 이모의 집은 그녀의 집이 아니었다, 이모는 퇴근하면 곧장 방으로 들어가 도로시를 홀로 남겨두었다. 그런 차갑고 조용한 곳은, 가족 없는 낯선 공간은 집이 될 수 없었다. 그녀는 갈 곳이 없었다.

  아빠의 남동생. 장례식에는 오지 않았지만 아빠에게 한국에 사는 남동생이 있다는 이야기를 들었다. 그 사람을 찾아가면 캔자스의 친구 집에서 살다가 그곳에서 대학에 진학하도록 지원받을 수 있을지도 몰라. 도로시의 비어버린 마음 밑바닥에서 작은 불씨가 타오르기 시작했다. 그녀는 장례식에서 부모님의 재산을 처분하고 양육권을 이모에게 넘기던 변호사에게서 들었던 작은아빠의 이름을 가까스로 떠올렸다.

'도우주, 그 사람을 찾아야겠어.'

도로시는 오랜만에 어딘가로 뛰고 싶었다. 그녀가 뛰기 시작했을 때,

"잠깐만, 기다려 봐!"

누군가의 헐떡이는 목소리가 등 뒤에서 울려 퍼졌다. 반장, 지호의 목소리였다.

"너, 진짜, 헉, 엄청, 빠르다!"

아무리 교실에서 교문 앞까지 뛰어왔다고 해도 이렇게까지 숨을 몰아쉴 정도는 아닐 텐데. 지호는 말 그대로 숨이 넘어가는 것은 아닌지 걱정될 만큼 힘겨워 보였다.

"너 설마, 나를 쫓아 온 거야?"

차오른 숨을 고르는 중에도 지호는 고개를 끄덕이며 한쪽 입꼬리를 씩 들어 올렸다. 지호는 항상 이랬다. 주변의 모두를 과도할 만큼 챙겼다. 소위 말하는 오지랖 넓은 아이였다. 사소하게 가라앉은 도로시의 표정을 알

아채고 슬쩍 괜찮은지 물어볼 만큼 세심했다. 도로시가 빠뜨린 교과서나 체육복을 빌려주고 자신이 대신 혼날 만큼 그녀를 챙겨주었다. 그러면서도 도움을 빌미 삼아 부담스럽게 친해지려고 하지는 않았다. 도로시는 이따금 지호가 궁금했다. 지호의 선의와 따뜻함을 끊임없이 채우는 동력원이 무엇일지 감조차 잡히지 않아서 더욱 그랬다.

 지호는 한국의 다른 고등학생들 사이에서 유독 눈에 띄었다. 다른 아이들은 모두 미래에 대한 환상을 가진 것처럼 보였다. 마음과 충동을 억누르고 현재를 희생해서 빛나는 미래를 잡으려고 분투했다. 그러니까, 지금 당장의 삶보다는 아직 오지 않은 허깨비만을 쫓았다. 그건 사실 학생뿐만이 아니라 남녀노소 상관없이 한국인에게 주입된 정서에 가까웠다. 그러나 지호는 오직 현재만을 살아가겠다는 듯이 성적 따위는 관심도 가지지 않고, 입시에 쓸모없는 과목을 선택해서 듣고, 자신을 희생해가면서까지 다른 사람을 도왔다. 바로 지금만 해도 마찬가지다. 친하지도 않은 전학생이 교문 앞에서 등교를 거부한다고 해서 한겨울에 외투도 없이 셔츠 한 장만 걸치고 달려 나올 사람은 이 애밖에 없을 것이다.

 "당연하지!"

"왜?"

도로시는 이제 얕은 궁금증이 아니라 강렬한 의문이 들었다.

왜 이렇게까지 하지?

"내가 그러고 싶으니까!"

지호의 답변은 단순명쾌했다. 가벼운 목소리에는 다른 뜻이 깔려있지도 않았다. 그냥 이 애는 하고 싶은 대로 사는 거였다. 도로시의 입술 사이로 반쯤은 질시의 한숨, 반은 허탈한 웃음이 새어 나왔다. 마음은 뭉게구름처럼 칙칙한 색으로 피어올랐다.

"그리고, 네가 혼자인 것보다는 둘인 게 나을 것 같았어."

숨소리가 고르게 변하고 조금 차분해진 지호의 목소리가 그녀의 귓가에 닿았다. 지호가 건넨 마음은 연민이었다. 그러나 자신보다 안타까운 것을 내려다보는 동정은 섞여 있지 않았다. 지호와 많은 이야기를 나누어 본 것은 아니었지만 그 정도는 느낄 수 있었다. 지호의 위로는 항상 그렇게 가벼웠다. 아무런 따뜻함도 주지 못하는 얄팍한 위로라는 말이 아니었다. 오히려 부담스럽지 않게 만드는 위안이야말로 유독 마음에 와닿았다.

함의도 아무런 불쾌함도 없는 위로는 텅 빈 도로시의 마음을 살포시 감싸 안았다.

다른 사람들은 도로시의 거대한 불행에 어떻게 대처해야 할지를 몰랐다. 고작 열여덟 살의 아이가 일순간에 부모님을 잃고 고향에서 떠나와 지구 반대편에 불시착해버린, 드라마에나 나올 법한 비극을 듣고 무엇을 말해야 할지 아는 사람이 몇이나 될까? 그나마 캔자스에서는 나았다. 그녀를 사랑하는 친구들은 도로시의 일이 제 일인 것처럼 울음을 터트리거나 숨이 막힐 때까지 도로시를 끌어안았다. 도로시의 부모님을 알고 지내던 동네 어른들은 장례식을 주관하고 일을 처리해주었다. 어른들은 오며가며 도로시의 머리를 쓰다듬었다. 그곳의 사람들은 모두 할 말을 몰랐을지언정 마음만큼은 진심이었다.

그러나 한국은 달랐다. 부모님의 장례식에서 생전 처음 본 이모는 어딘가 혼이 나가 있었다. 멍하니 앉아 있다가 도로시의 부모님이 화장장에 들어갈 때에서야 엄마의 이름을 목 놓아 부르며 오열했다. 그 눈물과 함께 아마 이모의 영혼도 슬픔도 다 흘려보냈던 것이라고, 도로시는 그렇게 생각했다. 이모는 캔자스에서 인천으로 오는 비행기에서부터 공항에서 집으로 오는 기차까지 한마디도 하지 않더니 아무런 설명도 없이 자신의 방으로 들어가 버렸다. 이모가 도로시의 보호자로서 무책임하지는 않았다. 분명히 그녀에게 공간을 내어주었다. 전학 수속을 밟아주고, 필요한 것들을 사주었다. 하지만 그게 다였다. 하는 것이 아니라 그저 해야 할 일을 해주는 것일 뿐이었다. 부모님을 잃은 도로시에게 엄마는커녕 위로해주는 어른조차 되지 못했다.

학교에서는 더욱 심했다. 담임선생님은 도로시의 옷자락에 '불쌍한 애'라는 꼬리표를 붙인 것만 같았다. 도로시는 모든 것에서 예외, 한국말로 하면 '깍두기'였다. 길을 잘못 들어 지각을 해도, 익숙지 않아서 숙제를 잊어버려도, 준비물을 챙기지 못해도 담임 선생님은 오직 도로시만은 다그치지 않았다. 다른 선생님들도 처음 두어 번 도로시를 혼내다가, 담임 선생님과의 짧은 대화 후로는 도로시에게 싫은 소리 한마디도 하지 않았다. 그 짧은 대화 속에 무엇이 담겨 있었을까? 조실부모라는 네 글자로 그녀의 깊고 거대한 절망을 축약해버렸을까?

복도를 지나가다 어깨에 얹히는 토닥거림. 맥락 없이 괜찮냐고 안부를 물어보는 목소리. 점점 퍼져나가는 소문. 길거리에 죽어가는 고양이처럼 이질적이고 처지가 불쌍한 생물을 보는 시선. 이해 없는 위로는 폭력적이었다. 도로시의 마음은 점점 웅크려 작은 콩벌레가 되었다.

그러나 지호만큼은 달랐다. 지호는 도로시를 이해했다. 도로시라는 사람을 이해했다는 것이 아니라 도로시의 대부분을 이루고 있는 뻥 뚫린 구멍을 알고 있었다. 말로 표현할 수도 없고 말로 옮겨서는 안 되는 절망에 익숙한 것 같았다. 그래서 지호는 도로시를 다독이려 하지 않았다. 도로시를 불쌍한 생물이 아니라 그냥 또래의 친구로 대했다. 다른 친구들을 대할 때보다 아주 조금 더 다정을 담아서 말을 건넸다. 도로시가 차별대우나 특별취급을 받을 때마다 울 것처럼 부서지는 그녀의 얼굴을 알아챘다. 그래서 언제든 자신의 것을 선뜻 내주었다. 체육 시간에 교복 차림으로 운동장을 뛰러 가거나 교과서가 없어 벌점을 받을 때마다 지호는 씩 한 번 웃었다. 옆자리에서 작은 쪽지가 넘어왔다.

나중에 떡볶이 한 번 사 줘;)

도로시는 누군가와의 약속이 부담스러웠다. 그게 설령 지호여도 마찬가지였다. 지호의 선의와 따뜻한 마음이 고마웠지만 아직은 누군가가 내민 손을 선뜻 잡을 만큼 괜찮아지지 못했다. 온기가 섣부르게 맞닿자 도로시의 평온한 얼굴이 석고처럼 굳었다.

다시 한번 구겨진 종잇조각이 넘어왔다.

완전 나중에!

지호는 도로시의 작은 표정들을, 정확히 말하자면 도로시의 울음주머니와 맞닿아있는 얼굴을 신기할 정도로 잘 알아챘다. 도로시뿐만 아니라 자신의 시선이 닿는 곳이라면 어디든 도움이 필요한 곳에 온몸을 다해 부딪혔다.

지호는 소문과 오해에 시달리는 친구를 데리고 학년 전체에게 해명했다. 은근한 배제와 따돌림으로 혼자 앉은 친구들과 함께 점심을 먹었다. 꿋꿋한 용기와 불도저 같은 행동력 그리고 반짝거리는 선의가 없이는 절대 할 수 없는 행동이었다. 지호는 그렇게 온 곳에 손을 내밀었다. 도로시가 요즘 매일 아침 거울에서 보는 눈을, 공허가 그득한 눈빛을 가진 아이들에게 곁을 내주었다. 어쩌면 맑게 웃는 지호의 눈빛에도 마음에도 절망이 차 있어서 익숙하게 그런 아이들을 찾아내는 것 아니었을까.

"나도 마침 오늘 수업 빠지고 싶었는데, 같이 땡땡이 치자!"

지호는 이렇게 항상 밝게 웃으며 말을 걸었다. 그러면 다른 아이들은 지호에게 마주 웃으며 작은 다정을 주고받았다. 도로시는 자신의 마음 안에 그런 따뜻함이라고는 남아 있지 않은 줄 알았다. 하지만 밝게 웃는 지호를 마주 보며 도로시의 얼굴에도 오랜만에 미소가 번졌다. 맞부딪히는 사람의 온기가 밀려들자 도로시의 텅 빈 마음에도 아주 작은 따뜻함이 차올랐다. 캔자스를 떠나오고서 처음 짓는 웃음이었다.

"근데 너, 이 옷차림으로 밖에 돌아다닐 수 있겠어?"

도로시가 물었다. 도로시의 환한 웃음을 처음으로 마주 본 지호는 멍하니 그녀를 바라보다가 그제야 한겨울의 추위를 느꼈다는 듯이 오들오들 떨기 시작했다. 겉옷은 고사하고 조끼조차 없이 홀랑 셔츠 하나만 입고 나온 지호는 새삼스럽게 겨울의 칼바람이 옷자락 사이를 파고드는 것을 느꼈다.

"그럼 나 옷 가지고 나올 때까지만 잠깐 기다려줄래?"

지호는 이제 와서 자신의 소박한 옷차림이 쑥스럽다는 듯이 웃었다. 도로시가 고개를 끄덕이려는 찰나, 학교 건물에서부터 학생주임 선생님이 빠르게 다가오며 소리쳤다. 1교시가 시작한 지 10분은 훌쩍 지난 시각이었다.

"뛰어야겠다."

놀라서 허둥대는 지호를 두고 도로시는 허리를 숙이며 차분하게 신발 끈을 동여맸다. 쫓아오는 선생님을 피해 몰래 도망가는 것은 도로시의 특기였다. 학교 대표 육상 선수였던 도로시를 달리기로 잡을 수 있는 선생님은 없었다. 툭툭, 땅바닥을 운동화 끝으로 치면서 그녀는 지호에게 고개를 돌리고 물었다.

"준비됐지?"

"아, 아니?"

당황한 지호를 붙잡고 도로시는 달리기 시작했다. 겨울의 칼날 같은 바람이 폐부 깊숙한 구석까지 우르르 밀려들었다. 빠르게 스쳐 가는 시야 한구석에, 언뜻 캔자스의 밀밭 같은 황금 물결이 일렁거렸다.

"잠, 깐만, 헉, 헉."

뛴 지 얼마 되지도 않았는데 지호는 헉헉거리기 시작

했다. 가슴이 아픈 것처럼 명치 윗부분을 두 손으로 꾹 눌렀다. 얼굴은 새빨개지고 숨을 몰아쉬는 지호는 어딘가 정말 아파 보였다. 안 그래도 뼈대가 가늘고 얼굴이 새하얀 게 튼튼해 보이지는 않더라니.

"괜찮아? 너 어디 아파?"

지호는 도로시의 물음을 듣고서는 답지 않게 쓴 미소를 지었다. 그리고 천천히 고개를 끄덕였다. 인정하기 싫어서 고개를 멈췄지만 명징한 사실이 그를 내리눌렀다. 지호는 가슴의 통증이 괜찮아질 때까지 숨을 고르다가 마침내 대답했다.

"응, 나 좀 아파."

지호의 목소리에는 평소와는 다른 무게가 담겨 있었다. 숨은 평탄해졌고 더 이상 가슴을 손으로 잡고 있지는 않았지만, 몸의 불편함보다 더 무거운 아픔이 지호를 짓눌렀다. 경쾌하던 일상의 모습과는 달리 지금의 지호는 어딘가 연약해 보였다. 툭 치면 부서질 것만 같았다.

"……어디가?"

도로시는 어렵게 입을 뗐다. 이런 표정을 짓는 사람은 그저 가만히 내버려 두어야 한다는 것을 알았다. 지호처럼 밝은 가면을 쓰고 사는 사람이 페르소나에 균열이

갈 만큼 위태롭게 흔들릴 때는 스스로 마음을 추스를 때까지 입을 다물고 있어야 했다. 이런 질문은 무례에 가까웠다. 내밀한 마음을 캐물을 만큼 지호와 도로시는 그다지 친하지 않기도 했다.

그러나 도로시는 무례 같은 걸 신경 쓰지 않아야 할 때를 알기도 했다. 그녀의 인생에 거대한 구멍이 나버렸을 때, 그 자리에는 슬픔과 절망만이 가득 흘러서 도로시는 몸을 동그랗게 말고 머리를 무릎 사이에 묻어버렸다. 문에 등을 기대고 주저앉아 하염없이 울기만 했다. 대부분의 사람들은 열여덟의 나이에 조실부모한 도로시를 위로해주는 방법을 몰라 입을 달싹거리다가 의례적인 말만을 내뱉고 돌아갔다. 그러나 도로시가 잠근 방문을 박차고 들어와 그녀를 이불 채로 끌어 안아준 친구들이 있었다. 실은 혼자 있고 싶었던 것이 아니라는 걸, 어설픈 위로는 상처밖에 남기지 않아서 그걸 피하려고 했다는 것을 아는 친구들이었다. 도로시는 점차 침대 밖에서 방문 밖으로, 부모님의 장례식까지 갈 수 있었다.

지호 또한 그렇겠지. 도로시는 생각했다. 지호는 가벼운 마음으로 도움을 건네지 않았다. 필사적으로 남들에게 손을 내미는 아이였다. 그런 사람은 다들 저마다의 절실한 이유가 있었다. 아마도 지호 또한 그에게 손을 내미는 사람이 필요했기 때문에, 그 간절함을 이해하기 때문에 그랬을 것이라고 도로시는 직감했다. 지호가 도로시에게 손을 내밀었으니 이제 도로시도 지호에게 마음을 열어야 했다. 불편한 질문을 내밀어야 했다.

"심장에 좀 문제가 있어."

지호는 담담하게 그의 이야기를 털어놓았다. 스스로도 놀랄 만큼 이야기가 술술 터져 나왔다. 다른 사람들은 모두 그의 이야기를 조각만큼만 알고서는 함부로 지호를 재단하고 결론 내렸다. 지호는 이따금 자신의 옷자락에 아프고 불쌍한 아이라는 꼬리표가 달려 있는 것만 같았다. 하지만 자신의 심장에 뚫린 구멍에 대해 하나도 모르는 도로시에게는 그의 이야기를 온전하게 들려주고 싶었다. 도로시는 지호를 깨지기 쉬운 유리 인형처럼 조심스레 대하지 않았다. 자신의 손을 잡고 뛰어주었다. 뺨을 스치는 칼바람과 폐 안으로 우르르 밀려들어 오는 공기가 몸 안을 아프게 헤집어도 좋았다. 원하면 달릴 수 있고 몸을 혹사할 수 있는 평범한 사람이 된 기분이었다. 도로시는 자신을 그냥 평범한 아이로, 공지호 그 자신으로 바라봐줄 수 있을 것만 같았다.

지호는 다리가 온통 새파랗게 질려 태어났다. 신생아의 평균 몸무게에는 미치지도 못할 만큼 가벼운 몸으로 세 번이나 수술을 받아야만 살 수 있었다. 지금도 운동을 하기에는 벅차고 쉽게 숨이 찰 만큼 아팠다.
"나는 잘해야 40대까지밖에 못 산대. 요즘 평균수명이 80세가 넘어가는데, 나는 그 반절도 못 살고 죽는대."
 지호는 잠시 말을 멈췄다. 달리기의 여파가 아직 남아 있어서 그런 것이 아니었다. 꺼내는 말 한마디 한마디가 너무 무거워서 숨을 골라야만 했다.
"나는 그래서 미래를 생각할 수가 없어. 모든 것을 남겨두고 모두를 슬프게 하고 떠나는 것도 무섭지. 하지만 그 두려움 때문에 아직 오지도 않은 미래를 위해서 소중한 지금을 놓칠 수가 없어."
 그래서였다. 미래라고는 없는 것처럼 현재를 가장 꽉 차게 보내던 이유는 정말로 미래가 없을지도 몰라서였다.
 지호의 첫 기억은 부모님의 눈물이었다. 어릴 때 부모님은 지호가 살아 숨 쉬는 것만으로도 감격하고 감사해 했다. 지호가 도자기 인형이라도 되는 것처럼 후 불면 휙 날아가기라도 할 것처럼 애지중지했다. 그의 생명이 바람 앞의 촛불처럼 위태로운 것도 사실이기는 했다. 지호도 자신이 매양 조심해야 한다는 것을 알았다. 그렇게 말 잘 듣는 얌전한 아이로 살기를 십여 년, 열셋에 그는 전신이 시퍼렇게 질려서 병원에 실려 갔다.

 눈을 뜨니 부모님은 울고 있었다. 그 광경이 너무 익숙했다. 자신이 죽을 고비를 넘기고, 부모님이 슬픔과 절망과 안도의 폭풍우를 겪어야 했던 적이 한두 번이 아니었다. 그제야 지호는 알았다. 정말 마흔은커녕 스무 살도 못 되어 죽을 수도 있겠구나. 다음 고비를 못 넘으면 곧바로 죽을지도 모르는구나. 마음의 수명이 깎이고서 두려운 건 죽음이 아니었다. 평생을 이렇게 겁내면서 살다가 그대로 죽을 수도 있겠다는 것이 가장 무서웠다. 그래서 지호는 모든 겁을 벗어던지고 지금을 제대로 살아가기로 했다. 미래가 없다는 사실을 마주하기에는 너무 겁이 나서 고개를 돌리고 외면했다. 다른 모든 것을 불도저처럼 밀고 나아갔다.

 미래가 길지 않을 테니 공부는 하지 않았다. 언제 학창 시절이 끝날지 모르니 매 순간 최선을 다했다. 모두에게 상냥하고 친절했다. 그렇게 웃음과 호의에 둘러싸여 있으면 마음이 편해졌다. 주변 사람을 행복하고 편안하게 만들면 자신도 괜찮아지는 것 같았다.

지호도 이것이 지속 가능한 삶의 방식이 아니라는 것쯤은 알았다. 그러나 지속할 만큼 삶이 많이 남아 있지 않았다. 친구들에게는 막 새순 올라오는 초봄이 그에게는 짙은 녹색의 여름이었다. 곧 이파리가 지고, 버석해지고, 사그라들 계절.
"그게 다야. 그래서 이렇게 사는 거야."
 지호는 누구에게도 한 적 없는 이야기를 도로시에게 전부 털어놓았다. 태연한 척 담담하게 이야기했지만 사실 지호는 겁이 났다. 이제 도로시도 자신을 아프고 불쌍한 아이로만 보지 않을까? 자신의 심장에 뚫린 구멍이 너무 커서 그게 자신의 정체성이 되어버린 건 아닐까? 지호는 사실 겁이 많았다. 죽을까 봐 매일 두려웠다. 아플 때는 가끔 아이처럼 엉엉 울면서 억지를 부려 보고 싶었다. 다른 친구를 도와줄 때도 마음 밑바닥의 의지까지 긁어모아서 앞으로 나서는 것이었다. 사자가 갈기를 부풀려 허풍을 떨듯이 지호도 밝은 말투와 행동에 불안을 감추었다. 지금도 마찬가지였다. 지호는 몰래 숨을 들이쉬고는 태연한 척을 이어나갔다.
"그냥 나를 위해서야. 나로 인해 다른 사람들이 행복해지면 내 마음이 편해서 그래. 내가 유달리 착한 사람이라서가 아니야."

도로시는 설레설레 고개를 저었다. 그렇게 말하는 것부터가 착하다는 증거였다. 그녀는 말을 오래 골랐다. 그리고 천천히 입을 떼 공기를 울렸다.

"넌 좋은 사람이야. 주변 사람을 이렇게까지 소중히 여길 수 있는 사람은 많지 않아. 나에게도 동정 없는 다정을 줬고 나를 존중하는 방식으로 배려해 줬잖아. 네가 없었다면 나도 훨씬 더 힘들었을 거야."

도로시는 말을 하면서 새삼스레 깨달았다. 그녀는 한동안 마음 붙일 곳 없이 둥둥 떠다니는 듯 공허했다. 하지만 그런 공허함만을 느낄 수 있었던 것은 자신이 절망에 못 이겨 지하로 처박히지 않을 수 있도록 해준 지호의 배려 덕분이었다. 지호는 누구에게나 선뜻 다정해질 수 있는 사람이었다. 제멋대로 필요치도 않은 도움을 주는 것이 아니라 상대방이 받아들일 수 있는 모양의 선의를 건넸다. 그렇게 다른 사람들을 도와줘서 편안하게 만드는 것을 본인의 행복으로 삼을 만큼 이타적이었다.

지호의 심장에서 쿵쿵 거세게 뛰던 불안이 녹아 없어졌다. 도로시는 지호를 곰곰이 살펴서 그가 원할 것 같은 말을 해준 것이 아니었다. 지호를 제대로 바라보고 알아주었다. 미사여구를 덕지덕지 붙인 말이 아니라 담백하고 솔직한 위로를 건넸다. 마음이 흐물흐물 녹을 만큼 따뜻했다. 지호는 애써 부풀리던 갈기를 처음으로 늘어뜨리고 싶어졌다. 안도의 한숨이 겨울 하늘에 뭉게뭉게 피어올랐다.

 두 아이는 눈을 마주치고 작게 웃었다. 지호는 도로시에게 물었다.
 "그래서, 이제 계획이 뭐야?"
 도로시는 눈을 동그랗게 떴다. 지호의 이야기를 듣다가 계획을 완전히 잊어버릴 뻔했다니. 도로시는 스스로를 타박하듯 머리를 콩 쳤다. 아빠의 남동생을 찾으러 가야 하는데!
 "아빠의 남동생을 찾으러 갈 거야. 삼촌을 만나서 캔자스로 다시 돌아갈 방법을 찾을래."
 "어디 있는지 알아?"
 지호는 단 한 순간도 멈칫하지 않고 되물었다. 단순히 학교 수업을 빼먹고 놀자는 것이 아니라 허무맹랑하고 거창한 계획이었음에도 지호는 괜찮았다. 오늘만큼은 도로시와 함께 있고 싶었다. 학교와 집을 벗어나고 지호를 멋대로 판단하는 시선에서 벗어나서 평범한 아이처럼 굴어보고 싶었다.

"서울. 서울에 산다고 했어."

도로시는 서울이 한국의 수도라는 것 외에는 아무것도 몰랐다. 서울로 가려면 어떻게 해야 하는지 막막했다.

"그러면 기차 타러 가야겠네. 기차역으로 가자."

지호는 명쾌하게 행선지를 정했다. 파란 털외투까지 야무지게 챙겨 입은 양갈래 머리의 소녀와 사자 갈기처럼 온통 산발이 된 머리카락에 셔츠 한 장만 입은 소년이 함께 발걸음을 옮겼다. 아침 햇살에 은색 캔버스화가 반짝거렸다.

똑똑한 허수아비와
양철 운전사

"저, 혹시 돈 좀 빌려주실 수 있으세요?"

앳된 목소리가 들렸다. 혼자 역 안에 앉아 있던 현진은 푹 숙이고 있던 고개를 천천히 들어올렸다. 2024년 한국에서 적극적으로 구걸을 하는 학생이 있다니 말세로군.

"일 없습니다."

슥 날벌레를 치우듯 무시하려던 그녀의 시야에 학생의 모습이 들어왔다. 아이는 한겨울치고 너무 가벼운 옷차림을 하고 있었다. 안색은 창백하게 질려 어딘가 아파 보였고 이제는 코피까지 흘리고 있었다.

"저기, 코피 나요."

현진은 가방을 뒤적거려 티슈를 건네주며 남학생의

코를 가리켰다. 아이는 익숙한 듯이 휴지를 받아들며 고개를 숙였다.

"감사합니다."

차라리 돈을 빌려달라고 요구할 때는 내용과 어울리지 않게 발랄하던 목소리가 푹 수그러들었다. 학생이 코피를 닦으며 입을 비틀고 말간 얼굴과 어울리지 않는 비소를 지었다. 현진은 그 순간 자신이 이 아이를 가만두고 지나칠 수 없을 것임을 직감했다. 아이의 눈에 오래되어 닳아빠진 절망이 자리 잡고 있어서 그랬다. 그녀가 매일 아침 거울에서 보는 눈빛이었다.

"여기 잠깐 앉아서 코피만 조금 닦아요."

그녀는 양 옆자리에 아무도 앉지 못하게 일부러 늘어놓은 짐을 한쪽으로 치웠다. 남학생은 현진이 베푼 자그마한 친절을 보고는 그녀의 연민을 비집고 들어갈 틈을 찾았다는 듯이 웃었다. 현진의 옆자리에 자연스럽게 앉으면서 아이는 멀리 서 있던 양갈래 머리의 여자아이에게 손짓했다.

"무슨 일이길래 모르는 사람한테 돈을 빌려달라고 해요?"

현진도 어른이라고 말하기에는 민망할 만큼 어린 대학생이었다. 하지만 성인으로서 이 정도 되는 아이들을 그냥 내버려 둘 정도로 양심이 깎이지는 않았다. 게다가 그녀는 다른 사람의 눈 깊숙이 똬리 튼 절망을 한순간에 알아챌 만큼은 결핍을 잘 알았다. 남자아이는 오래전 무너진 세상을 끌어안고 살아왔던 눈을, 여자아이는 제 삶 동안 쌓아온 세상이 전부 무너진 눈을 하고 있었다. 그런 아이들을 쉽게 무시할 수는 없었다.

남자아이가 답했다.

"얘의 고향을 되돌려주러 서울에 가야 해요."

서두만큼이나 극적인 이야기였다. 부모님을 잃고 미국에서 한국까지 오게 된 여자아이의 이야기를 들으며 현진의 마음에 연민이 찰랑거렸다. 숙부를 찾아서 미국에 가겠다는 뜬구름 잡는 해결 방책을 들을 즈음에는 눈살을 약간 찌푸렸다. 하지만 그녀도 그런 마음을 알았다. 썩은 동아줄인 걸 알면서도 지푸라기라도 잡지 않으면 정말 죽을 것 같이 절박할 때가 현진에게도 있었기 때문이었다. 고작 2년 전이었다. 그녀의 절망과 강박이 조금은 사그라든 것은.

현진은 어릴 때부터 똑똑한 아이였다. 반짝거리던 지성은 학교에서 수치화되어 검증되기 시작했고 높은 숫자는 더 많은 칭찬을 낳았다. 그저 칭찬이 좋아서 공부를 더 많이 했다. 자연스럽게 점수는 올랐다. 그것은 얼핏 선순환처럼 보였다. 처음으로 미끄러지기 전까지는 그런 줄로만 알았다.

"2등? 내가 전교 2등이래, 엄마. 어떻게 이럴 수 있어?"

중학교에 올라가서 처음 본 시험에서 그녀는 항상 하던 1등을 내주고야 말았다. 어이없는 답안지 작성 실수였다.

"아직 답안지 작성에 익숙하지 않아서 그렇지. 딸, 괜찮아, 2등도 얼마나 잘한 건데? 우리 딸이 똑똑하고 열심히 한 거 모르는 사람이 어디 있어?"

부모님은 처음 맞닥뜨린 점수에도 놀라지 않았다. 그게 현진을 더 슬프게 했다. 부모님마저 그녀가 최고일 거라는 기대를 하지 않았다는 뜻이라고 현진은 섣불리 결론 내렸다. 당시의 그녀는 미약한 실망을 티 나지 않게 삼키고 딸을 따뜻하게 안아주던 부모님을 알아챌 만큼 성숙하지 못했다.

그때부터 현진은 실수에 집착하기 시작했다. 실수도 실력이라는 말에, 모든 시험지와 답안지를 대여섯 번 검토했다. 시험 중에 그럴 여유를 만들기 위해 잠을 줄여가며 공부했다. 그녀의 모든 영역에서 실수는 없어야 했다. 빠트린 준비물은 없는지, 책장의 모든 물건은 바르게 정렬되어 있는지. 그녀는 혹독하게 자신을 검열하는 강박에 사로잡혔다. 이제 칭찬은 행복을 불러오지 못했다. 오히려 인정받지 못하면 견딜 수 없어진 현진에게 인정은 기쁨이 아니라 불행의 근원이 되었다.

본인의 불행을 자신이 초래했음에 더욱 고통스러웠다. 행복하지 못한 것을 자책했다. 나는 아예 행복해질 수 없을지도 몰라. 자기 파괴적인 생각은 더 큰 불행을, 불행은 자책을, 자책은 다시 불행을 낳았다. 이 불행의 씨앗은 너무도 작아서 그녀의 똑똑함처럼 인정받지 못했다. 누구나 고개를 끄덕이고 어깨를 토닥여 줄 만큼 거대해 보이는 불행이 아니었다.

그녀는 마음을 꾹꾹 내리눌렀다. 진심을 꺼내 보였다가 이해받지 못할 바에야 차라리 자신이 아프다는 것을 아무도 모르는 게 나았다. 말로 꺼내지 못하는 마음은 고이고 썩어서 가라앉았다. 그녀의 가장 밑바닥에 짙은 그림자를 드리웠다. 지속되는 불행은 어린 현진을 망가뜨렸다.

겉으로는 괜찮아야만 했다. 누구도 그녀에게 완벽한 아이가 되라고 강요하지 않았다. 그러나 항상 잘하는 아이에게는 기대 어린 시선이 달라붙기 마련이다. 현진은 어느 순간 칭찬이 자신의 발목에 달라붙어 칭칭 휘감은 족쇄가 되었음을 느꼈다. 미끄러지고 깨지기를 반복해서 마침내 다시 1등을 해도 행복해지지 않았다. 계속 누군가를 밟고 올라가야만 성공할 수 있는, 끊임없이 서열을 매기고 우열을 가리는 입시에서는 강박과 절망을 떨쳐낼 수 없었다.

마침내 학창시절이 끝났다. 입시가 끝나고 원하던 대학에 붙었다. 모두가 기뻐하고 축하를 건넸다. 현진은 억지로 웃었다. 현진은 자신이 나아지리라 기대하지 않았다. 그녀를 꾸준히 침잠하게 만드는 것은 학업 스트레스 따위가 아니었다. 자신이 만들어낸 진창이었다. 그러니 주변이 조금 바뀐다고 자신의 불행이 마법처럼 없어지지는 않을 것이라고 생각했다.

그러나 아니었다. 환경은 사람을 바꿀 힘이 있었다. 견제의 눈초리와 경쟁의 열기가 사그라들고 모두가 시끌벅적하게 들떠 있었다. 현진은 어깨에 매달린 짐을 잠시 내려놓고 가볍게 웃기도 했다. 아직은 잠을 못 이루고 뒤척거리는 밤이 많았지만 외롭지 않아서 괜찮았던 밤도 있었다. 홀로 차가운 바다에서 침몰하는 것 같은 지독한 외로움이 가셨다. 그녀를 괴롭히던 절망은 날카로움을 잃고 조금씩 바래가기 시작했다.

그녀를 구원해준 것은 시간이었다. 환경이 달라지자 그녀의 마음이 조금쯤은 평온해졌다. 청소년기에는 시간이 유독 느리게 흐른다. 절망이 무겁게 올라타면 시간은 더 느릿느릿 기어가기에 미래를 기약하면서 버티는 것이 더 어려워진다. 그걸 잘 아는 현진은 지호와 도로시를 보면서 오래되지 않은 자신의 과거를 떠올릴 수밖에 없었다. 그래서 그녀는 이 아이들을 그냥 내버려 둘 수 없었다.

 마침 현진은 방학을 맞아 본가에 올라가는 길이었다. 그녀는 남의 일에 굳이 개입하지 않는 성격이었다. 하지만 한겨울에 셔츠 한 장만 입고 오들오들 떠는 지호와 돈 한 푼 없는 도로시를 그냥 내버려 두면 안 될 것만 같았다. 비단 외견상으로 연약해 보여서 도움을 주려고 한 것만은 아니었다. 누구에게라도 도움을 요청하고 싶은 절박함을 이해했을 뿐이다. 어릴 때 자신의 아픔을 알아주고 도와주는 사람이 단 한 명이라도 있었다면 버텨보는 것이 조금쯤은 쉬웠을 수도 있다. 자신에게는 그런 도움이 없었지만 이 아이들에게 자신이 도움을 줄 수는 있겠지. 현진은 도움을 내밀 만큼의 여유가 있는 사람으로 컸다. 그래서 조금의 귀찮음과 불편을 감수하고 아이들에게 손을 뻗고 싶었다.

그렇다고 해서 그녀가 상식이 없어진 것은 아니었다. 아이들이 요구한 대로 기차 푯값을 주는 것은 썩 도움이 될 것 같지 않았다. 도로시의 숙부를 찾고, 일이 다 잘 풀리기를 기대하기에 세상은 냉혹했다. 현진은 곰곰이 생각했다. 아이들을 데리고 기차를 같이 타서 서울로 올라가는 것이 최선이었다. 하지만 최선이라고 해서 진짜로 괜찮을까? 이 시대에 미성년자 둘을 데리고 가다가 납치 의혹을 듣지는 않을까? 현진의 머릿속에 현실적인 고민이 퐁퐁 솟아올랐다.

 하지만 현진은 자리에서 일어나자마자 걱정을 지워버렸다. 그녀는 장신인 도로시는 물론이고 작은 지호보다도 왜소했다. 평균 키에 한참 미치지 못하는 여자 대학생이 이런 애들 둘을 납치했다고는 생각하지 않겠지. 현진은 그렇게 자신을 안심시켰다.

 "너희들한테 돈을 줄 수는 없고, 같이 가자. 어차피 나도 서울 가는 길이니까."

 아이들의 얼굴이 환해졌다. 줄곧 담담했던 도로시의 얼굴에서도 그림자가 조금 걷혔다. 현진은 그것만으로 조금쯤 따뜻해졌다. 자신에게는 별것 아닌 행동이 이 아이의 거대한 절망을 조금 치우고 웃음을 불러온다는 것이 괜히 좋았다. 가슴이 간질거렸다.

쑥스러워진 현진은 휘휘 고개를 저어 간질거림을 모른 척하고 표 두 장을 사기 위해 창구로 걸음을 옮겼다. 지푸라기처럼 부스스한 머리카락이 슬쩍 흔들렸다.

"나 기차 처음 타 봐!"
"……나도."
"얘들아, 기차 안에서는 조용히 해야지."

'이건 무슨 조합이지?'

콧구멍을 휴지로 틀어막고 있는 셔츠 바람의 남자아이는 어디 아픈 것처럼 얼굴이 창백하게 질려서도 조잘조잘 떠들고 있었다. 그 옆에 앉은 야무진 차림새의 여자아이는 조용하게 고개를 주억거리며 조곤조곤 짧은 대답을 이어갔다. 그 건너편에 앉은 여자는 그 둘의 보호자인 듯했는데, 대학생쯤 되어 보이는 나이로 봐서는 세 명이 어떤 관계인지 감조차 잡히지 않았다.

'그게 내 알 바는 아니지.'

해철은 그저 이 쓸데없는 소음이 멎기만을 바랄 뿐이었다. 옆에 앉은 여자가 아이들에게로 몸을 돌릴 때마다 빗자루 같은 포니테일이 자신의 뺨을 스치는 것도, 괜히 해맑은 속삭임이 건너편 옆자리에서 들리는 것도 싫었다. 이어폰을 꽂고 헤비메탈을 틀었다. 세상은 흐려지고 분노의 고함만이 귀를 강타했다. 자신의 마음과 일치하는 감각수용기의 자극이 차라리 편안했다.

해철은 괜히 그의 자리가 신경 쓰였다. 여자와 가까운 쪽에 있는 오른 다리를 손으로 밀어 왼쪽으로 치우면서, 다음부터는 오른쪽 창가 자리를 예매하기로 마음먹었다. 그러면 그의 오른 다리가, 엄밀히 말하면 실리콘으로 덮인 오른 다리의 빈 공간이 누군가와 닿을 걱정을 덜 수 있으리라 생각했다. 아무리 두꺼운 옷가지와 무릎까지 올라오는 양말을 신어도 해철의 마음에 비어 있는 오른 다리의 빈자리는 여전했다.

4년 전이었다. 온전하게 들어차 있었던 그의 인생은 불구가 되어버렸다. 그 전에도 모든 것이 순탄하고 편안한 인생은 아니기는 했다. 빚을 내서 대학을 갈 만큼 여유로운 형편이 아니었던 해철은 군대에 갔다 온 후 운전병 경험을 살려 화물 운전사를 준비했다. 적지만 월급도 받아서 방을 얻기도 하며 자신의 공간에 조금씩 무언가를 채워 넣었다. 마침내는 사랑까지.

"돈이 없으면 어때? 같이 버티면서 알차게 모으면 되지. 우리는 젊고 건강하고 서로를 사랑하잖아. 그것만 있으면 돼."

해철은 연인과의 미래를 위해 대출을 받아 트럭을 샀다. 2년 정도만 열심히 일하면 대출금을 갚고 결혼을 약속할 수 있으리라는 생각이었다. 그렇게 잠을 줄이고 편의점 음식으로 끼니를 때우며 가까스로 버텼다. 그러나 졸음과 피로가 켜켜이 축적된 해철의 몸은 삐걱거리기 시작했다. 어느 날 밤, 눈을 잠시 감았다 뜬 사이에 그의 트럭은 살얼음에 미끄러져 가드레일에 부딪혔다. 트럭은 온갖 곳이 우그러지고 부서졌다. 그 커다란 트럭. 해철의 전 재산이 폐차되었다며 친구는 750만 원이 든 봉투를 건넸다. 해철은 봉투를 받아들며 우그러져 폐기된 자신의 다리도 돈 봉투로 치환될 수 있었으면 좋겠다는 생각을 했다. 그의 잘린 다리는 고물 덩어리가 된 트럭보다도 가치가 없었다.

그래도 해철은 버텨볼 수 있다고 생각했다. 다리가 하나 없어도 목숨이 붙어있으니 괜찮았다. 두 팔과 왼 다리가 멀쩡하다면 살아나갈 수 있을지도 몰랐다. 그러나 사람은 심장 없이는, 가슴 안에 담긴 사랑 없이는 살아갈 수 없었다. 그녀는 주저앉아 울었다. 해철은 익숙지 않게 덜그럭거리며 마주 앉아 그녀를 안아주었다. 그녀는 울음만을 남기고 갔다. 두 다리로, 저벅저벅.

사고를 낸 이력으로는 아무 데도 취업할 수 없었다. 가까스로 모았던 돈은 가드레일 수리비와 병원비로 날려버렸다. 해철은 온전치 못한 몸뚱이와 싸구려 의족을 방바닥에 널브러뜨렸다. 그나마 단칸방의 보증금은 지켰음에 그는 안도했다. 해철은 이제 자신이 해야 할 것에 대해 생각했다. 일어서야 했다.

의족이 말을 듣지 않았다.

'일어나.'

뇌는 분명히 명령을 내렸다. 그 자리에 있어야 할 다리가 없었다. 해철은 깊게 숨을 내쉬었다.

'팔로 바닥을 짚고 상체를 세워. 그리고 팔을 앞으로 짚은 채로 왼 다리를 지지해서 일어나.'

사람은 분명히 다리 하나 없이도 자리에서 일어날 수 있을 것이었다. 당황스러운 감정을 이성이 고요하게 가라앉히려는 찰나, 생리적인 고통이 뇌를 덮쳤다.

"으, 으윽."

 소리가 절로 새어 나오는 통증이었다. 그것도 오른 다리에서. 없는 오른 다리의 자리에서 분명한 통증이 느껴지고 있었다. 해철은 당황하면서 바지를 걷으려고 버둥거렸다. 통증이 극심해서인지 남아 있는 팔다리마저 말을 듣지 않았다. 분명히 비어 있을 오른 다리의 자리를 확인해볼 수 없으니 이 아픔이 진짜인지 아닌지도 분간이 되지 않았다. 해철은 이제 식은땀까지 흘리면서 온몸을 비틀었다.

 통증이 멎었다.

 '바퀴벌레 같네.'

 해철은 자신이 바닥에서 발버둥 치는 해충과 다를 게 없다고 생각했다. 통증에 맺힌 눈의 액체는 도르륵 굴러 소리 없는 눈물로 번졌다. 고요한 눈물은 단전에서 끓어오르는 울음이 되었다. 해철은 어느 순간부터 군 시절 보초를 서면서 들었던 짐승 소리보다 더 큰 괴성을 지르며 바닥을 뒹굴었다. 이제 울음이 아니라 웃음이 나왔다. 해철은 자기 자신이 너무 우스웠다. 이 지경이 되어서도 다시 무언가를 해볼 수 있겠다는 생각을 하다니. 혼자 일어서지도 못하는 주제에.

그는 그때부터 꼬박 일 년을 누워서 지냈다. 지냈다기보다는 연명했다는 표현이 더 정확할지도 모르겠다. 인터넷 사이트에서 가장 싼 라면을 박스 채 사서 끓여 먹지도 않고 조금씩 부숴 먹었다. 가족이나 친구에게 연락하지도 않고 매일 휴대전화를 붙들고 생각을 멈췄다. 다행히도 21세기에는 시간을 가득 채워줘서 다른 생각이라고는 하지 않게 만드는 매체가 많았다.

"총각, 다음 달도 월세 밀리면 방 빼!"

집주인 아주머니의 날카로운 목소리가 현관문을 뚫고 해철의 귀에 닿았다. 트럭값으로 받은 750만 원이 사라진지 오래였다. 항상 웃음과 호의를 만면에 보이던 집주인 아주머니의 인내심은 밀린 월세에 금방 동났다. 그는 그렇게 덜거덕거리는 의족과 잘려버린 오른 다리만큼 뻥 뚫린 마음을 질질 끌고 집 밖으로 나섰다.

"저 사람 좀 봐, 불쌍하다."

길거리를 나서고서 귀에 숱하게 스치는 수군거림 중에 가장 선연히 맞닿은 말이었다. 폐업한 상가 1층의 유리창에 비친 자신의 형상이 해철의 눈을 잡아챘다. 1년 동안 제멋대로 자란 머리카락과 덥수룩해진 수염, 목이 다 늘어나고 얼룩덜룩한 티셔츠에 너덜너덜한 슬리퍼. 자신의 겉모습이 이렇게까지 내면과 일치한다면 아무도 자신을 고용하지 않을 터였다. 그는 그대로 집에 다시 들어가서 부엌가위로 머리카락을 자르고 수염을 깎았다. 세면대와 화장실 바닥에 늘어진 검은 머리카락이 마치 바퀴벌레 다리 같았다.

겉보기에는 멀쩡해진 그는 가까스로 편의점 야간 아르바이트를 구했다. 최저시급을 받으며 그렇게 3년을 일했다. 낮에는 나올 수 없는 바퀴벌레처럼 밤에만 인간일 수 있었다. 그렇게 낮에는 잉여 인간처럼 잠만 자던 해철은 오랜만에 아침부터 일어나서 서울로 향했다. 그의 의족을 바꾸어야 했기 때문이다. 점점 기술이 발전하는 이 시대에서도 돈이 없는 사람이 가질 수 있는 것이라고는 오래되고 아무도 가지고 싶어 하지 않는 찌꺼기뿐이었다. 저렴한 의족은 5년을 넘기지도 못하고 고장이 났다. 해철은 애꿎은 오른 다리를 한 대 치고 싶다가 이질적인 소리가 날까 봐 손을 주먹으로 웅크렸다.

"누나, 저분한테도 하나 드려요."

노래가 다음 곡으로 넘어가는 짧은 찰나를 틈타 옆의 말소리가 새어 들어왔다. 저 작은 남자아이는 해철에게 사탕을 건네주고 싶었나 보다. 해철은 그들이 자신에게 말을 걸지 않기를 바라며 눈을 감고 이어폰을 더 깊게 눌렀다.

"너는 날 얼마나 봤다고 벌써 누나래?"

현진은 어이없다는 목소리로 지호를 옅게 타박했다. 지호는 친화력이 좋아도 너무 좋았다. 이렇게 성큼 친한 것처럼 들이대도 경계심이 강한 현진마저 기분이 나쁘지 않은 걸 보니 더더욱 그런 것 같았다. 현진은 졌다는 듯 고개를 절레절레 저으며 지호에게서 사탕을 건네받았다. 투덜거리는 말투와 다르게 현진은 지호의 작은 부탁을 전부 들어주는 따뜻한 사람이었다.

"저기, 혹시 이거 드실래요?"

해철은 그의 옆에서 사탕을 주려는 현진을 눈치 챘지만 일부러 눈을 꾹 감고 모른 척했다. 이렇게까지 무시하면 알아서 조용히 할 것이라 생각했다.

이어폰을 꽂아서 잘 안 들리는 것 같다고 추측한 현진은 다시 한번 해철을 불렀다.

"저기요."

이제 속삭임보다는 더 커진 목소리를 무시할 수는 없었다. 해철이 마지못해 눈을 뜨자 시야에 들어온 것은 사탕을 쥔 현진의 손이 자신의 의족을 작게 두드리고 있는 광경이었다. 해철은 현진의 손을 휙 치면서 버럭

소리를 질렀다.

"뭐 하는 겁니까!"

현진은 움찔 몸을 피하며 만면에 당황을 띠웠다. 즉각적인 두려움이 가시자 분노가 그 자리를 채웠다. 현진은 덜컹이는 소리와 나지막한 말소리만 울리던 조용한 기차에서 갑자기 고함을 친 해철을 노려봤다.

"제가 함부로 건드린 건 죄송한데, 그렇다고 이렇게까지 소리를 지르는 건 아니죠."

해철은 현진의 옳은 말과 야무진 목소리에 더욱 화가 났다. 가볍고 순수한 호의를 건넨 사람에게 자신이 과민반응하고 있다는 것쯤은 알았다. 자신에게도 그럴 만한 이유가 있기는 했다. 그 이유를 설명하면 사과를 받을 여지도 있었다. 그러나 그는 자신의 결핍을 공공에 전시해서 그가 다리 하나만큼 다른 사람보다 열등한 존재라는 것을 알리기 싫었다. 해철은 몸을 더욱 창가에 붙이고 팔짱을 낀 채 눈을 꾹 감았다.

곧 서울역에 도착합니다.

나긋한 안내방송이 열차 안을 채웠다. 모두가 비우고 난 자리에는 해철만이 남아 있었다. 유독 고장이 잦아지고 덜거덕거리는 의족의 움직임을 보이기 싫은 까닭에 그는 항상 마지막으로 움직였다. 평탄한 열차 복도와 얕은 문턱까지도 괜찮았다. 그러나 기차에서 승강장으로 내려가는 계단은 일반인들도 조심해야 할 만큼 높았다. 해철은 눈치를 보며 조용하게 도와줄 승무원이 없는지 살폈다. 그들은 저 멀리에 서 있었다.

'어쩔 수 없지.'

해철은 오른 다리를 이끌고 한 발짝 아래로 내디뎠다.
털썩-

"으윽-"

의족은 해철의 무게를 이기지 못하고 허무하게 꺾여 버렸다. 5년 새에 마르기는 했지만 여전히 건장한 그의 몸은 둔중한 소리를 내며 차가운 돌바닥에 부딪혔다. 그는 이렇게 넘어질 때마다 수치심과 무력감이 온몸을 덮쳐서 일어나고 싶지 않았다. 그냥 그렇게, 땅바닥에 붙은 벌레처럼 널브러져 있고 싶었다.

"아저씨, 도와드릴게요."

아까 그 남자아이였다. 앉은 자리에서마저 방방 뛰던 모습과는 달리 차분하게 가라앉은 목소리였다. 그 옆에서는 키가 큰 양갈래 머리의 여자아이가 조용히 손을 내밀고 있었다. 나이에 어울리지 않는 고요하고 세심한 배려였다. 그는 자신이 고작 고등학생들에게 손을 빌려야만 일어날 수 있다는 사실을 인정하고 싶지 않았다. 가난한 마음과 부끄러움은 한데 엉켜 길 잃은 분노가 되었다. 그의 목소리는 부글부글 끓어올랐다.

"저리 비켜."

목소리에 거품이 맺혀서 입 밖으로 나온 소리는 말보다는 웅얼거림에 가까웠다. 지호는 귀를 해철의 입에 가까이 가져다 대며 물었다.

"네? 다시 말씀해주실 수 있어요?"

"꺼지라고!"

마침내 분노는 폭발했다. 해철은 그것이 정당하지 않은 분노라는 것을 알았다. 고작 고등학생인 애들에게 분노를 토해내는 것이 잘못되었다고도 생각했다. 작은 호의로 사탕을 건네주려고 한 것도, 선뜻 선의로 낯선 사람에게 손을 내민 것도, 이 애들이 자신의 오른 다리가 의족이라는 것을 모를 사실마저도 인지하고 있었다. 머리로는 그랬다. 하지만 이미 건드려진 열등감과 수치심은 새파랗게 어린애들의 동정심을 용납하지 못했다.

"누가 도와 달래? 너네가 뭔데 오지랖이야! 그냥 늬들 길 길이나 가라고!"

가까이 댄 귓가에서 우레 같은 소리가 내리치자 지호는 벌렁거리는 심장께를 부여잡고 살짝 비틀거렸다. 몇 발짝 앞서가던 현진은 깜짝 놀라 얼굴을 굳히고 성큼성큼 지호를 향해 다가왔다. 하지만 현진이 입을 떼기도 전에 도로시가 지호 앞을 막고 섰다. 굳은 얼굴로 보아서는 지호를 놀라게 한 해철에게 화가 난 것 같았다.

하지만 도로시가 해철에게 건네는 목소리는 여전히 나지막하고 따뜻했다. 그녀가 여전히 내밀고 있는 손에도 온기가 서려 있었다.

"아저씨. 일어날 수 있어요."

해철은 잠시 말을 멈췄다. 이 여자애가 내민 손은 동정이 아니었다. 값싼 동정은 불쌍하고 열등한 생물에게 선뜻 내밀었다가 조금만 불쾌해지려 하면 홱 회수해버리는 종류의 것이었다. 그러나 이 어린 여자애는 거절에도, 큰소리에도 불구하고 여전히 도움을 내밀고 있었다. 온몸을 불태우던 분노는 반쯤 사그라들었다.

"넘어지면 다시 일어나면 돼요. 도움받는 건 부끄럽지 않은 거래요. 사람은 서로 돕지 않으면 살 수가 없대요."

도로시는 캔자스의 어른들을 생각했다. 부모님이 허망하게 돌아가시고 도로시는 그저 멍하니 부모님 침대에 앉아 유골함을 끌어안고 눈물만을 뚝뚝 흘리고 있었다. 집의 1층에서는 어른들이 요리하고 사람을 맞이하고 장례식을 주관하고 재산 처분에 관해 변호사를 상대하는 중이었다. 어른들이 일이나 서류 따위를 1층에서 모두 처리했기에 2층은 오롯이 고요한 애도의 공간일 수 있었다. 도로시가 장례식에 입을 검은 원피스를 빌려준 애니, 부모님의 장례식에서 해야 했던 애도의 말을 준비해준 미리암, 부모님의 관 위에 올릴 꽃다발을 건네준 스티브가 있었기에 그녀는 부모님께 제대로 안녕을 고할 수 있었다. 고마움이 도를 넘어 부담이 될 무렵 엄마의 가장 친한 친구였던 애니의 어머니는 도로시의 어깨를 감싸 안고 말해 주었다. 이 마을에 도로시의 부모님에게 크고 작은 은혜 입지 않은 어른이 없다고, 도로시가 언제나 자기 딸의 좋은 친구가 되어주어 고마웠다고. 고마움은 서로 나누고 갚으면서, 그렇게 사람은 돕고 도우면서 사는 거라고 말해주었다. 그 말은 오래도록 도로시의 텅 빈 마음을 포근히 안아주었다.

"그러니까 이제 일어나요. 땅바닥은 차갑잖아요."

해철은 새삼 자신이 엎어져 있던 돌바닥에서 올라오는 냉기를 느꼈다. 해철은 도로시의 손을 잡았다. 예상치 못하게 센 힘으로 일으켜 세워진 해철은 아직도 도로시에게 붙잡힌 자신의 손을 내려다보았다. 따뜻했다. 꼬박 4년 만에 느낀 사람의 온기는 이렇게 따뜻했다.

해철은 자신의 눈가가 뜨거워지는 걸 느끼고는 고개를 푹 숙였다.

작은 인영이 다가왔다. 지호였다. 지호는 그 많던 말수를 아끼고 도로시와 해철의 손에 자신의 손을 얹었다. 세 개의 손 위로 뜨거운 물방울이 투둑 떨어졌.

"나는 애들처럼 착하지는 않아서 위로는 못 해주겠네요."

현진은 평소보다는 누그러진 말투로 해철의 발치에 쪼그려 앉았다. 그녀는 자신에게 무례하게 대하던 해철에게 자신의 높은 자존심과 꼿꼿한 허리를 숙이고는 의족과 옷자락을 정리해주었다. 해철이 의족을 달고 있는 것을 알아서 나오는 연민이 아니었다. 이것은 그녀 나름의 위로였다.

기묘하게 얽힌 네 명의 사람은, 정오의 햇살 아래에서 하나의 그림자로 합쳐지고 있었다.

도우주를 찾아서

"……고맙다."

해철은 아이들에게 고마움을 표현했다. 그의 목소리는 부어오른 눈가를 숨기려고 푹 숙인 고개보다도 더 기어들어 갔다. 그 작은 웅얼거림을 기어코 들었던 현진은 장난기를 약간 섞어 물었다.

"잘 안 들렸는데, 뭐라고요?"

이제 해철의 눈 주변뿐만 아니라 얼굴 전체가 붉게 달아올랐다. 그러나 그는 말로 반드시 옮겨야 하는 고마움이 부끄러움보다 중요하다는 것을 아는 사람이었다. 그는 헛기침을 몇 번 하다가 수그린 고개를 펴면서 현진과 눈을 맞췄다.

"도와줘서 고맙습니다. 제 이름은 해철입니다."

해철의 목소리가 사뭇 커졌다. 현진은 피식 웃었다. 생각한 것보다는 괜찮은 사람일지도 모르겠네. 그녀는 손을 내밀어 악수를 청하면서 자신의 이름을 건넸다.
"저는 현진이에요. 이 애들은-"
"저는 공지호고요, 얘는 도로시예요!"
 지호는 꼭 다물고 있었던 입을 다시 재잘재잘 움직이면서 현진의 소개를 가로챘다. 지호는 현진에게 했던 것처럼 해철에게도 도로시의 사정을 설명했다. 도로시가 캔자스에 돌아갈 수 있도록 삼촌을 찾으러 간다는 이야기였다. 도로시는 자신의 이야기를 마음껏 설명하는 지호를 가만히 내버려 두었다. 괜찮지 않은데 참고 있는 게 아니었다. 지호는 도로시를 동정하지 않고 도로시의 이야기를 온전히 제 것인 마냥 힘껏 끌어안았다. 현진과 도로시를 도와주기를 간절히 바라서 말했다. 도로시가 해철에게 내민 손이 무색해지지 않게 이야기를 건넸다. 그래서 괜찮았다. 그녀가 입을 떼기 힘들 때마다 말문을 여는 지호가 고마웠다.
 이야기를 듣는 내내 해철의 표정은 시시각각 바뀌었다. 그는 이런 터무니없고 허술한 목적만을 가지고 고등학생 둘이서 서울까지 왔다는 것이 황당했다. 심지어 명확한 목적지가 있는 것도 아니고, 찾는 사람이 서울에 있을 거라는 것만 믿고 서울역에 오다니. 서울이 얼마나 큰 데. 당혹스러운 그의 눈빛이 현진에게 닿았다. 그의 눈빛은 질책으로 바뀌었다.

'고작 이런 말만 믿고 생판 남인 미성년자 둘을 서울까지 데리고 오다니, 제정신인가?'

말로 옮기지 않아서 더 정곡을 찔린 현진은 변명을 늘어놓기 시작했다.

"제가 아니면 어떻게든 돈을 구해서 서울로 올 것 같았다고요. 제가 돈만 준 게 아니라 표를 사서 애들이랑 같이 왔으니까 그나마 안전했던 거죠."

해철은 벌컥 잔소리하려다가 자신의 과오를 상기하며 어조를 다듬었다. 하지만 말의 껍질이 둥글다고 해서 내용물마저 날카롭지 않은 건 아니었다.

"그랬으면 기차 안에서라도 목적지를 정했어야 하는 거 아닙니까? 도우주라는 사람, 이름도 특이한데 SNS라도 검색해 보고, 목적지를 대강이라도 정하고 애들 둘이랑 서울에서 움직일 방안을 찾았어야죠."

현진의 얼굴이 부끄러움에 홧홧하게 물들었다. 현진은 공부는 잘했지만 세상살이의 사소한 부분에서 덜렁거리는 면모가 많았다. 아무것도 모르는 열여덟 고등학생 두 명의 눈에 스물세 살의 대학생은 어른으로 보였겠지만 사회의 풍파를 9년 동안 맨몸으로 맞으며 견딘 해철에게는 다들 비슷하게 어려 보였다. 해철은 한숨을 내쉬며 적어도 도우주라는 사람을 찾을 때까지는 같이 움직이기로 결심했다. 어차피 의족을 바꾸기 전까지는 시간이 한참 남았으니까.

"일단 역에서 좀 찾아보고 움직이죠."

도로시는 지호를 바라보고는 눈을 맞추며 웃었다. 홀로 달려 나갔다면 이 먼 서울까지 오지도 못했을 텐데. 어쩌다 보니 지호의 손을 잡고 달렸고, 지호가 내민 도로시의 이야기를 현진이 붙잡아 주었고, 그렇게 세 명은 해철에게 손을 건네었다. 서로가 붙잡은 연결고리가 얽혀 한 덩어리가 되어가고 있었다.

'삼촌을 찾으면 진짜로 캔자스로 돌아갈 수 있을지도 몰라.'

지푸라기 한 가닥이 이제 튼튼한 동아줄처럼 보이기 시작했다. 사람이 사람에게 기대어가면서 이뤄낸 것이었다. 도로시의 마음이 따뜻한 공기로 가득한 열기구처럼 둥둥 떠올랐다.

네 명은 역 안의 카페에서 옹기종기 모여 앉아 휴대폰을 꺼내 들었다. 인터넷을 타고 들어가자 도우주의 발자취를 발견하는 것은 어렵지 않았다. 도우주는 현실의 모든 행적을 소셜 미디어에 화려하게 전시해 놓는 종류의 사람이었다. 그가 자신의 게시물에서 누차 자랑하던 사업체의 이름을 검색하기만 하면 회사 주소는 금방 알아낼 수 있었다.

 사생활은 사적인 공간에만 놓아두어야 한다고 생각하는 현진은 도우주의 SNS 계정을 보면서 이 사람의 얄팍함을 확신했다. 연예인과 찍은 사진, 화려한 파티장의 조명, 비싼 차와 시계 따위를 작위적으로 늘어놓은 도우주를 보며 현진은 눈살을 찌푸렸다. 해철은 사뭇 다르게 생각했다. 이 사람의 깊이 따위는 그다지 중요하지 않았다. 이 정도의 재력을 갖춘 사람이라면 조카가 필요한 비행기 표 정도는 선뜻 끊어줄 수도 있었다.

오히려 껍데기를 중시하는 사람이어서 허장성세를 부리며 호방하게 도로시를 도와줄 수 있었다. 그 이유가 선의이든 호방해 보이고 싶은 마음이든 허세든 도로시가 캔자스에 돌아갈 비행기 표와 보호자 동의만 준다면야 상관없었다. 그래서 해철이 먼저 입을 뗐다.

"지금 도우주 씨 회사 주소를 찾았는데, 같이 가줄까?"

도로시는 문득 두려워졌다. 이름도 낯설고 얼굴도 한 번 보지 못한 자신의 삼촌이 비행기 표를 마련해줄 수 있을까? 아니, 그 전에 자신의 이야기를 들어줄 만큼 관심을 보이기는 할까?

지호는 도로시의 손에 자신의 손을 얹고는 괜찮을 거라는 듯이 작게 토닥거렸다. 그리고 대신 대답했다.

"네, 다 같이 가요!"

도로시의 마음에 가득하던 불안이 말랑하게 녹았다. 그래, 잘 이루어지지 않아도 괜찮았다. 도로시는 그녀가 여기까지 올 수 있게 해 준 사람들을 쳐다보았다. 모든 것이 수포로 돌아가도 따뜻해진 마음과 새로 생긴 추억만큼은, 그리고 이 사람들만큼은 남을 것이었다. 그것만으로도 도로시는 조금 웃을 수 있었다.

"도우주 씨?"

조심스레 발을 들인 도우주의 회사에는 이상하리만치 사람이 없었다. 현진은 주소를 잘못 찾은 것인지 망설이며 머뭇거리다가 회사 내부를 살펴보기 시작했다. 안쪽 사무실에서 인기척이 들렸다. 현진은 유리문을 조심스레 두드린 뒤 문을 살짝 열었다. 누가 봐도 사장의 사무실임을 알 수 있을 만큼 번쩍거리는 명패 뒤에 중년의 남자가 앉아있었다. 그는 몸을 빙글 돌렸다. 남자의 얼굴에는 순간 두려움이 스쳤지만 현진의 앳된 얼굴을 보고 나서는 호방한 웃음을 만면에 띄웠다.

"아가씨는 누구신지? 우리가 선약이 있었던가?"

현진은 유리문을 활짝 열어 도로시에게 들어오라 손짓하며 대답했다.

"선약은 없었지만, 이 애랑은 하실 이야기가 많을 것

같네요."

도로시는 치미는 두려움 덩어리를 목구멍 아래로 삼키면서 현진의 옆을 스쳐 지나가 도우주의 책상 앞에 섰다. 현진은 따라 들어가려는 지호와 맨 뒤에서 꾸물거리고 있던 해철을 손짓으로 막았다. 아무리 도로시가 지호에게 의지하더라도 이럴 때는 본인이 입을 떼 스스로 말을 내뱉어야 했다. 성인 남자인 해철이 들어가는 게 물리적으로 든든할지라도 도로시가 삼촌과 단 둘이 마주할 기회가 있어야 마땅했다. 현진과 함께 지호와 해철은 두 걸음 정도만 물러났다. 도로시가 삼촌을 홀로 만날 수 있게, 하지만 시야에서 벗어나지는 않을 만큼. 그들은 도로시의 등 뒤를 지키고 섰다.

도로시는 도우주의 얼굴을 보자마자 반사적으로 생각했다. 도우주라는 사람은 아빠와 닮았다. 두껍고 뻣뻣한 머리카락, 동양인치고는 높게 솟은 눈썹뼈의 모양, 유난히 옅은 색소의 눈동자 같은 것들이 겹쳐졌다. 아직도 도로시의 각막에 선명히 남아있는 아빠의 얼굴이 생생하게 보였다.

하지만 도우주라는 사람은 아빠와는 달랐다. 아빠는 희끗희끗하게 물드는 머리카락이 낙엽만큼 가지각색이라면서 늙어가는 것이 가을 같아서 좋다고 했다. 아빠와는 다르게 도우주의 머리카락은 새카맣고 반질반질했다. 한껏 만면에 계곡을 만들어가며 활짝 웃어주던 아빠의 웃음 주름과는 다르게 도우주의 얼굴은 부자연스러울 만큼 팽팽했다. 아빠와 같은 빛깔의 홍채였지만 그 안에 담긴 눈빛은 달랐다. 아빠는 땀에 흠뻑 젖을 정도로 농장에서 일하다가도 도로시가 보이면 장난스럽게 한쪽 눈을 찡긋 감아 윙크했다. 그럴 때마다 도로시는 질겁하는 척 도망치면서도 아빠의 눈에는 캔자스 시골 밤하늘의 별이 담겨 있다고 생각했다. 하지만 도우주의 눈에는 아무것도 담겨 있지 않았다.

'내가 이분을 몰라서 그럴 수도 있지.'

도로시는 섣불리 자신의 삼촌을 판단하지 않기로 했다. 적어도 축객령을 내리지는 않았으니 자신이 누구인지 소개하면 알아보지 않을까 하는 기대감이 소녀의 마음에 차곡차곡 쌓이기 시작했다.

"안녕하세요. 저는 도우경 씨 딸, 도로시라고 합니다."

도우주의 동공은 순간적으로 커졌다. 탁하고 흐릿한 눈에 분명히 놀람이 스친 것을 도로시도 보았다. 놀람은 당황을 데려왔지만 도우주는 속마음을 금세 숨겼다. 그린 것 같은 반가움이 얼굴에 떠올랐다.

"도로시? 아주 어릴 때 캔자스에서 보고 나서는 처음이구나! 반갑다. 어떻게 여기까지 왔니?"

도로시는 당황했다. 도로시가 기억하지도 못하는 어린 시절에 이 사람을 본 적이 있었음에도 놀랐지만, 무엇보다도 아빠의 장례식에도 오지 않은 삼촌이 자신을 이렇게 반갑게 맞아줄 거라고는 예상하지 못했다. 어쩌면 도우주라는 사람은 아빠의 부고를 듣지 못했던 걸까?

"저, 아빠가, 그러니까 도우주 씨 형이 돌아가셨다는 건 아시죠?"

이제는 받아들였다고 생각한 아빠의 죽음을 입에 올리는 것만으로도 숨이 조금 가빠졌다. 도로시가 고개를 숙이고 숨을 깊게 내쉬는 사이 도우주는 입을 열었다.

"당연히 들었지. 내가 일이 워낙 바빠서 장례식에는 못 갔지만, 그래도 내 형인데."

그의 목소리는 이제 조금 떨리고 있었다. 도로시는 고개를 들어 자신의 앞에 있는 남자를 바라보았다. 그는 이제 처음 본 타인이 아니라 도로시의 아빠를 기억하며 슬픔을 꾹 삼키는 삼촌이었다. 도로시의 경계가 조금쯤은 허물어졌다.

"그래서 캔자스에서 한국까지는 무슨 일로 온 거니?

내가 뭐 도와줄 일이 있을까?"

두 팔을 펼치며 웃는 도우주를 향해 도로시도 작은 미소를 머금었다. 두 발짝 뒤에서 지켜보던 현진은 팔짱을 꼈다. 현진은 괜히 도우주라는 사람이 수상쩍었다. 무슨 꿍꿍이가 있는 거 아닐까. 경계를 세우며 생각에 잠기려는 찰나, 꼬인 팔 한쪽을 톡톡 두드리는 손가락에 고개를 돌렸다. 지호였다. 지호는 눈을 휘며 웃더니 입 모양만으로 말했다.

'누나, 일단은 믿어요. 도로시한테도 그게 나을 거예요.'

지호의 웃음에는 전염성이 있었다. 근거도 없이 막연하게 믿으라는 말에도 못 이기고 피식 웃음이 나왔다. 현진은 자신의 딱딱한 외피를 이 말랑한 애들이 뚫고 들어와 자신마저 말랑하게 만들어버리는 것 같은 기분이 들었다. 그 기분이 썩 나쁘지는 않았다. 현진은 조용히 유리문을 닫고 사무실에서 조금 더 거리를 두었다. 믿음만큼의 거리였다.

도로시는 삼촌이 권해준 의자에 앉아 이야기를 시작했다.

 캔자스를 떠나기 전에 도로시의 이웃이나 친구들은 대학교에 가기 전까지라도 그들의 집에 머무르라고 권했다. 도로시도 그렇게 하고 싶었지만 엄마의 유언에 적힌 대로 몇 번 보지도 못한 이모를 따라가야 했다. 그렇게 끌려온 낯선 나라에서 마음 붙일 곳 하나 없이 부모님의 죽음을 버텨내는 것은 너무 외롭고 고통스러웠다. 이모는 도로시의 새로운 집이 되어주지 못했다. 그래서 도로시는 그녀의 유일한 집이 있는 캔자스에 돌아가고 싶었다. 돌아간다고 해서 유골함에 담긴 부모님이 살아 돌아오는 것은 아니었다. 그렇지만 부모님과 함께한 모든 추억이 담긴 공간이 그곳에 있었다. 지금까지도 걱정을 보내오는 친구들이, 숨이 터질 만큼 달릴 수 있는 평야가, 마땅히 도로시의 것이었던 미래는 캔자스에만 있었다.
 도로시는 캔자스에 돌아가야만 했다.
 삼촌은 고개를 주억거리면서 도로시의 이야기를 듣더니 아무렇지 않게 구원을 툭 던졌다.
 "비행기 표가 필요해서 온 거면 그 정도는 도와줄 수 있지."
 도로시는 어안이 벙벙했다. 이렇게 쉽게 해결될 일이었다니. 실감이 나기 시작하자 도로시의 얼굴에 거대한 웃음이 천천히 피어올랐다. 하지만 도로시의 얼굴이 만개하기 전에 도우주는 말을 한마디 더 얹었다.
 "하지만 내가 지금 당장 네 비행기 티켓을 끊어줄 수는 없단다."
 활짝 피던 도로시의 웃음이 멈췄다. 시들어가는 표정과 치밀어 오르는 울먹거림을 간신히 추스르며 도로시는 되물었다. 하지만 목소리에 묻어나오는 약간의 떨림마저 감출 수는 없었다.
 "······어째서요?"
 도우주는 도로시를 어르고 달래면서 타일렀다. 자신이 법적 보호자가 아니기 때문에 여행 동의서를 써주기에는 시간이 조금 소요된다는 것이었다.

"그러니까 이런 일들을 처리하려면 적어도 이틀은 걸릴 거 같은데. 모레 다시 오면 해결해 주마."

도로시는 맥없이 고개를 두어 번 끄덕였다. 이모 집에 다시 돌아가기는 싫은데, 어떡하지? 꼬리에 꼬리를 무는 문제들은 해결될 길이 보이지 않았다. 도로시는 삼촌의 사무실을 터덜터덜 떠났다.

해철은 사무실 문을 열고 나오는 도로시의 표정을 보자마자 직감했다. 일이 잘 안 풀렸군. 그는 입을 달싹이다가 물었다.

"어떻게, 잘 안 됐어?"

도로시는 고개를 절레절레 저었다. 그럼 잘 된 건데 왜 저렇게 심란한 표정이지? 도로시는 혼이 나간 것 같은 목소리로 부연했다.

"무슨, 서류가 많아서. 이틀 뒤에 오래요."

그렇다면 문제없는 것 아닌가, 해철은 가볍게 생각했

다. 이제 아이들 문제도 해결되었으니 의족을 교체하고 빨리 집에 돌아가고 싶은 마음뿐이었다. 아이들이 따뜻하게 내민 손은 고마웠다. 오랜만에 말을 나누고 마음을 조금 맞댄 것은 좋았다. 하지만 이만하면 되었다고 생각했다.

"그렇지만 이모 집에는 돌아갈 수는 없어서, 서울에서 이틀이나 보낼 방법을 모르겠어요."

도로시는 울고 싶었다. 다 왔는데. 이제 정말 캔자스로 돌아갈 수 있을 줄 알았는데. 먹먹한 덩어리가 목구멍을 틀어막았다.

"이모 댁에 잠깐 갔다가 다시 올라오면 안 되는 거야?"

현진은 조심스레 물었다. 도로시의 슬픔에 무관심한 사람이라는 것만 빼면 현진도, 지호도, 해철도 전부 도로시의 이모를 몰랐다. 당연했다. 도로시도 이모를 잘 몰랐으니까. 도로시가 이모 집에 돌아가고 싶지 않은 것은 이모가 미워서가 아니었다. 자신의 집이라고 부를 수 없는 그 삭막하고 외로운 공간에 돌아가면 현실에 발목이 잡혀 그곳을 벗어날 용기를 다시는 얻지 못할 것 같았다. 용기가 생긴다고 해도 한 번 일탈을 한 도로시가 다음 기회를 얻기는 더더욱 어려울 터였다. 돌아가면 다시는 서울에 오지 못할 것이라고 직감한 도로시의 눈가는 붉게 달아오르기 시작했다. 도로시의 눈에 차오르는 물방울을 목격한 세 명은 당황하면서 부산스레 도로시를 위로했다.

"그래, 갈 수 없는 사정이 있겠지!"

"괜찮아. 서울에 있을 방법을 한 번 모색해 보자."

현진은 문득 방법을 떠올렸다. 간단했다. 도로시가 자신의 집에 머무르면 될 노릇이었다. 부모님이야 조금 당황은 하겠지만 사정을 설명한다면 충분히 이해하실 분들이었다. 여동생은 조금 싫어할지도 모르지만 이틀밤 정도야 자신의 방에서 재우면 괜찮을 터였다. 지호는 경우가 달랐다. 아무리 무해해 보이고 도로시보다 키가 작다고 해도 엄연히 남자애였다. 현진의 부모님은 이해심이 많았지만 중학생 여자애가 집에 있는데 생판 모르는 열여덟 살 남자애를 재워주지는 않으실 것이었다.

"그래서 말인데, 지호 너는 다시 집에 가는 게 어때?"

현진이 내놓을 수 있는 최선책이었다. 사실 현진은 자신이 굳이 이렇게까지 하지 않아도 된다는 것을 알았다. 현진은 원래 남의 일에 일절 관심조차 보이지 않고 끊어내기 일쑤였다. 하지만 도로시는 유독 마음에 걸렸다. 도로시의 사정이 정말 안 좋아서, 망연자실하게 앉아있는 도로시가 유난히 자신의 동생을 떠올리게 해서 그런 것만이 아니었다.

 현진은 사람이 사람을 구원할 수 있다는 말을 믿지 않았다. 그러면서도 그것을 애타게 바라던 시절이 있었다. 그녀가 원하던 구원은 사실 아주 사소했다. 자신의 가면 아래를 들춰봐 주는 것. 괜찮은지 물어보는 의례적인 질문에 현진은 언제나 아무렇지 않은 척을 하며 주변 사람들을 안심시켰다. 그렇지만 누군가가 자신의 가면을 꿰뚫어 보고 자신이 괜찮지 않다는 것을 알아주었으면 하고 바랐다. 깊숙한 걱정을 담아 한 번만 더 물어봐 주기를 원했다. 현진이 도로시를 볼 때면 그 시절이 떠올랐다. 도로시는 아주 사소한 것들을 간절하게 바라고 있었다. 그래서 현진은 그녀가 해 줄 수 있다면 도와주고 싶었다. 어렸던 자신은 받지 못했던 도움을 도로시가 받았으면 좋겠다고 생각했다.

 현진의 최선책은 지호에게 날벼락 같은 말이었다. 지호도 지금 도로시에게 자신이 꼭 필요하지 않다는 것을 알고 있었다. 하지만 도로시를 혼자 내버려 두고 갈 수는 없었다. 무엇보다 도로시가 진짜로 이틀 후에 떠나서 아예 캔자스로 가버리게 된다면 적어도 작별 인사는 해야 했다. 그래서 지호는 두 발을 단단하게 땅에 붙였다.

"저는 안 가요."

지호는 평소와는 달리 표정을 굳히고 강경한 목소리로 말했다. 도로시도 지호의 말에 끄덕였다. 현진처럼 해결책을 제시해주거나 해철처럼 든든하게 뒤에서 지켜주지는 못하지만 지호는 언제나 도로시의 옆에서 그녀가 흔들릴 때마다 붙잡아주었다. 때로는 도로시 앞에 대신 나서주고 아직은 힘겨운 말들을 대신 내뱉어 주었다.

"저도 지호가 안 가면 좋겠어요."

현진은 한숨을 내쉬다가, 도로시와 지호의 뒤쪽에서 슬그머니 자리를 벗어나려는 해철을 빤히 쳐다보았다. 해철은 시선을 이리저리 피하다가 집요한 현진의 눈을 마주치고 말았다. 해철은 현진이 자신에게 기대하는 바가 무엇인지 쉽게 짐작할 수 있었다. 해철이 선제적으로 거절을 표명하기도 전에 현진이 입을 열었다.

"해철 씨가 지호를 이틀만 데리고 있는 건 어때요?"

해철은 더 이상 깊게 관여하고 싶지 않았다. 그는 정해진 일정대로 오후에 의족을 교체하기 위해 본을 떴다가 저녁 기차를 타고 집으로 돌아가고 싶었다. 자신이 집에 가면서 지호도 집에 데려다주는 정도라면 해 줄 용의가 있었다. 하지만 오늘 처음 본 미성년자를 데리고 서울에서 이틀을 보내는 것은 전혀 다른 경우였다. 해철은 그런 종류의 책임을 짊어지고 싶지 않았다. 그에게 남은 한 다리로는 자신의 체중만을 버티기도 버거웠다.

해철은 자신의 얼굴을 뚫어져라 바라보는 강렬한 시선을 느꼈다. 해철은 지호가 기껏해야 간절함 정도를 담아 자신을 바라보고 있을 줄 알았다. 아무리 애처롭게 부탁해도 단호하게 끊어낼 수 있을 것이라고 예상하며 지호의 눈을 마주 본 순간, 아이의 얼굴에 담겨 있던 것은 해철의 예상과는 사뭇 달랐다. 그것은 투지였다. 분노, 울분, 억울함과 결을 같이 하는, 불타오르는 의지. 지금 이곳에 있지 않고 멈춰버리면 버틸 수 없음을 직감하는 절박함이었다.

마음이 내몰린 아이 하나와 상황에 내몰린 아이 하나가 제게 손을 내밀어주었다. 해철은 이 아이들의 간절한 마음을 보고도 고개를 돌릴 수는 없었다. 그는 한숨을 푹 내쉬고는 말했다.

"그래, 그럼 지호 너는 나랑 가자. 내가 계속 데리고 있기는 어려워도 청소년 쉼터 같은 데에 자리 하나는 있겠지."

그래, 이 정도가 최선이었다. 현진도 수긍하며 고개를 끄덕였다. 현진과 해철은 이틀 후에 도우주의 회사 앞에서 만나기로 약속하며 연락처를 주고받았다. 눈 깜짝할 사이에 각자 한 아이씩 맡은 보호자가 되어버렸다. 현진은 여동생을 챙기듯 익숙하게 도로시를 데리고 자신의 집으로 향했다. 도로시는 현진을 졸졸 따라가다가 갑자기 멈춰 서서 뒤돌아봤다. 지호는 여전히 교복 셔츠 낱장만을 걸치고 있었다. 따뜻한 기차나 역사 안, 회사 사무실 안은 괜찮았대도 바깥을 돌아다녀야 할 지호는 과하게 가벼운 옷차림만을 하고 있었다. 도로시는 성큼성큼 다시 돌아와 파란 털외투를 벗어 지호의 어깨 위에 폭 뒤집어씌워 주었다.

"몸 챙겨. 아프면 안 돼."

지호는 처음으로 자신의 건강을 향한 걱정이 답답하지 않고 포근하게만 느껴졌다. 도로시가 선뜻 벗어준 털외투는 자신보다 약하고 불쌍한 것을 감싸주는 것이 아니라 함께 여정을 떠나온 친구에 대한 애정이었다. 지호는 도로시가 길쭉한 다리로 훌쩍 뛰어나가는 뒷모습을 지켜보면서 자신을 둘러싸는 온기를 손에 한아름 모아 쥐었다.

달리기

"아저씨, 가요!"

 지호는 잠깐 스마트폰으로 무언가를 검색해 보더니 해철을 이끌고 어딘가로 향했다. 아마도 아까 말한 청소년쉼터 중 하나를 향해 가는 것일 테다. 해철은 불쑥 말했다.

"근데 내가 왜 아저씨야. 아까는 형이라고 하더니."

 지호는 해맑게 대답했다.

"도로시는 아저씨라고 부르잖아요. 그럼 저한테도 아저씨죠!"

 정말 아저씨의 나이에 가까워진 해철은 정곡을 찔려 대꾸도 못 하고 인정할 수밖에 없었다.

"어디로 가는지는 알고 가는 거지?"

지호는 지도를 보여주며 설명했다. 그렇게 해맑은 소년 한 명과 삐거덕거리는 남자 한 명이 길을 떠났다.

"죄송합니다, 지금은 정말 자리가 없네요."

벌써 세 번째 거절이었다. 서울에는 분명 가출 청소년이 많을 것 같았는데 청소년 쉼터는 3개, 자리는 43명 분이었다.

"그런데 혹시 보호자 분이실까요?"

청소년쉼터 직원이 해철을 향해 질문했다. 해철은 과연 자신이 보호자라고 자처해도 되는지 고민했다. 맞는다고 한다면 쉼터나 시설에 가기에 더 어려워지는 건 아닐까. 복잡한 심경이 해철의 얼굴에 그대로 떠올랐는지, 직원은 해철이 대답하기도 전에 해야 할 말을 했다.

"다름이 아니라, 혈연인 보호자 분이 아니라면 이렇게 보호를 자처하시는 것 자체가 형사처벌 대상이라서요."

해철의 생각이 뚝 멈췄다.

"네?"

 직원은 알 만하다는 표정을 지으며 설명해 주었다. 제 발로 가출한 청소년이라도 미성년자는 실종아동법에 의거해 보호받으며, 경찰서에 신고하지 않으면 선의로 청소년을 보호하거나 돈을 주어도 처벌받을 수 있다는 것이었다.

"많은 분이 선뜻 호의를 베풀어주시지만, 그게 그분들한테 안 좋은 결과로 이어지는 경우도 종종 있어서요. 일단 경찰서에 신고하시거나 학생 부모님께 연락을 해 보는 게……"

 직원의 이야기를 들으며 점점 수긍하는 표정을 짓는 해철을 지켜보던 지호는 부모님에게 연락한다는 말이 나오자마자 뛰쳐나갔다. 해철은 지끈거리는 머리를 부여잡을 새도 없이 지호를 잡으러 일어섰다. 키도 작고 여려 보이는 열여덟 살 고등학생 정도야 금세 따라잡을 수 있으리라 생각하던 해철은 발을 떼자마자 삐거덕거리는 자신의 다리를 자각했다.

"잠깐만, 공지호, 거기 서 봐!"

 지호는 달리는 게 자신에게 좋지 않다는 것을 알았다. 이 정도의 상황에서는 부모님에게 연락하고 조용히 집에 돌아가는 것이 최선이라는 것 또한 알았다. 해철에게 더 이상 민폐를 끼쳐서는 안 되는 것도 알고 있었으나 지호는 그 모든 합당한 이유를 무시하고 싶었다. 홀로 무언가를 하는 것마다 불안해하시는 부모님에게서, 자신이 아프다는 사실이 공공연하기에 모든 것에서 예외가 되는 학교에서, 초조함을 감추려고 해맑은 웃음을 가면 삼아 숨는 자신에게서 벗어나고 싶었다.

도로시는 제 손을 잡고 뛰어주었다. 천천히 걸을 때 옷자락을 파고드는 겨울만 알았는데, 힘껏 팔다리를 움직일 때 뺨을 스치는 바람이 이렇게까지 후련한지 몰랐다. 현진과 해철은 자신의 병을 아예 알지 못했다. 그들 앞에서 지호는 비로소 아픈 아이가 아닐 수 있었다. 동정이 섞이지 않은 시선은 처음이었다. 그들은 지호를 있는 그대로 봐주었다. 다정하고, 무모하고, 선뜻 손을 내밀 줄 아는 아이로.

지호는 그 모든 것을 두고 다시 돌아가고 싶지 않았다. 그래서 모든 숨을 다해 달렸다.

"공지호, 거기 서!"

해철은 지호를 잡으러 달렸다. 외다리가 되고 나서 처음으로 뛰어보는 것이었다. 의족을 달고 살아가기 시작한 순간부터 해철은 무척이나 천천히 걸어 다녔다. 가짜 다리가 혹여나 소리를 내지는 않을까, 걸음걸이가 이질적이거나 부자연스러워 보이지는 않을까. 불안과 두려움이 뒤섞인 상념이 매순간 그의 발목을 잡아끌었다. 그러나 지금 당장 달려나가는 아이를 잡아야겠다는 단일목적만을 눈앞에 두고서 그런 생각을 할 겨를은 없었다. 앞으로 나아가야 했다. 가슴이 부풀어 오르고 숨이 가득 찼다.

해철은 지호를 따라잡았다. 외다리라고 하지만 오랜 시간 노동으로 다져진 체력은 남아있었기에 쉽게 숨이 차는 지호를 따라잡는 일은 어렵지 않았다. 지호는 거의 폭삭 주저앉았다. 해철은 동그랗게 말린 지호의 어깨를 잡았다. 타박과 훈계가 목 끝까지 치밀어 올랐다.

지호의 눈에 눈물이 가득 고이기 시작했다. 지호는 자신의 안에 있던 설움 덩어리가 그득그득 몸을 채워서 이제는 모든 구멍으로 터져나갈 것 같았다. 눈물샘에서는 비가 내렸다. 빗방울에, 차오른 호흡에, 버거운 마음에 말은 뚝뚝 끊겼다.

"나는, 안 갈 거예요. 나도, 여기 남아, 있을 거예요."

지호는 간절했다. 숨이 턱 끝까지 차오르고 폐가 갈비뼈를 부술 것처럼 부풀어 올랐다. 심장이 너무 아팠다. 고작 이만큼 뛴 것만으로도 그랬다. 뛰기는커녕 모든 것을 조심하면서 살얼음 위를 걷는 것처럼 살금살금 살아도 다른 사람들의 심장보다 이르게 멈추리라는 사실을 알고 있었다.

"나한테는, 이게 마지막일 수도 있어요."

지호는 자신의 첫 기억을 떠올렸다. 알록달록한 벽지와 소독약 냄새, 가슴에 달라붙은 전선. 삑, 삑 심장박동은 위태롭게 흔들렸다. 끊임없이 아팠다. 아프지 않고 싶어서 의사 선생님이 시키는 대로 했다. 쓴 약을 삼키고, 무리하지 않고, 천천히 걸었다. 그렇게 열세 살이 되었다. 모든 것을 순순히 따랐는데도 심장은 멎었다. 다시 눈을 뜨고 병원 천장을 멍하니 쳐다보며 생각했다. 어차피 자신의 심장은 멈출 운명이었다. 자신에게 주어진 삶의 총량은 다른 사람들의 것보다 훨씬 짧았다. 끊임없이 두드려서 얇고 길게 늘여도 남들의 반절이었다. 그만큼 늘리지도 못하고 산산이 깨질 수도 있었다. 그렇다면 그냥 살고 싶었다. 조심하면서 평생 초조하게 사느니 짧게라도 온전하게 살아보고 싶었다. 그렇게 자신이 살아 있었다는 것을, 지구 위에 존재했다는 자취를 남기고 싶었다.

하지만 열여덟 살의 고등학생에게는 현실의 장벽이 너무 많았다. 걱정하는 부모님을 뿌리치고 학교와 집

인근조차 벗어날 수 없었다. 눈앞에 도움이 필요한 친구가 있다면 손을 내밀었고 어려운 사정이 있는 사람을 마주치면 도와드렸지만 그게 다였다. 지호를 아는 사람은 지호에게 도움을 청할 대상으로 의지하기보다는 보호해야 할 아이로 취급했고 지호는 점점 자신이 할 수 있는 일을 잃어 갔다.

 이게 마지막이었다. 도로시가 고향으로 돌아가는 것을 도와준다면, 그래서 도로시가 조금이라도 더 행복하고 좋은 인생을 살 수 있게 된다면. 지호는 적어도 한 명의 인생에 깊은 자국을 남길 수 있었다.

 지호는 숨을 헐떡이면서 자신의 간절한 마음을 쏟아냈다. 눈물이 멈추지 않았다. 숨이 가빠왔다. 지호는 익숙한 현기증이 밀려드는 것을 느꼈다.

 '아, 이러면 쓰러지는데.'

 몸이 허물어졌다. 지호의 시야가 하얗게 물들었다.

 해철은 지호의 등을 토닥여주며 아이가 이야기와 눈물을 쏟아내고 숨을 고르기를 기다렸다. 갑자기 지호의 몸이 풀썩 쓰러지자 해철은 당혹스러웠다. 안 그래도 몸이 허약하다더니 지호가 진싸 살놋될 것만 같은 급박한 불안이 밀려들었다.

'우선 119부터 빨리 불러야 해.'

해철은 머리가 새하얘졌지만 당장 해야 할 일을 했다. 구급차를 부르고 지호를 응급실로 이송해야 한다는 사실을 머릿속으로 되새겼다. 그는 떨리는 손으로 119를 눌렀다.

"여기, 지금 애가 쓰러졌습니다! 장소는……"

구급대원은 침착하게 여러 가지를 되물었다. 해철은 그저 아는 대로 필요할 것 같은 정보를 우수수 쏟아냈다. 18세 남자, 선천적인 심장병이 있는 것 같고, 무리해서 뛰고 울다가 숨을 헐떡이고 기절했다는 것. 전화 뒤편에서 부산스러운 소음이 들렸다.

"선생님, 지금 계신 곳으로는 구급차가 진입하기 어려울 것 같습니다. 가능하시다면 쓰러진 환자분을 대로변으로 데리고 나와 주십시오, 환자분 자세를 너무 숙이지는 않으셔야 합니다. 지금 바로 5분 내로 도착하겠습니다."

구급대원은 해철에게 해야 할 일을 일러줬다. 그래서 해철은 해내야 했다. 그는 축 늘어진 지호를 등에 둘러메려고 안간힘을 썼다. 무릎을 굽히고 사람 하나만큼의 무게를 더하여 일어나는 것, 해철이 온전했을 때는 수월했던 일련의 과정을 해내는 데에 온 힘을 다해 발버둥 쳐야 했다. 의족은 삐그덕거렸다. 힘이 쭉 빠진 지호의 몸은 계속 미끄러졌다. 오랫동안 힘을 짜내지 않았던 온몸의 근육은 비명을 질렀다. 지호를 업고 움직이는 걸음마다 부자연스럽고 우스꽝스러워 보일 수도 있겠다는 생각은 들었다. 하지만 다리를 잃고서 처음으로 해철은 타인의 시선에 주눅 들지 않았다. 펄럭거리는 바지 자락 안의 빈자리를 숨기는 데 급급하지 않았다. 사람 하나가 자신의 등에 매달려 있었기 때문이었다.

땀범벅이 된 해철과 업혀있던 지호 앞으로 구급차가 멈췄다. 구급대원들은 일사불란하게 지호를 들것에 눕히고 구급차에 실었다. 해철은 자연스럽게 지호의 옆에 탔다. 요란한 사이렌 소리, 쓰러진 아이를 비스듬히 세우고 호흡기를 씌우는 구급대원들, 조금씩 흔들리는 차체, 도심과는 어울리지 않는 속도감. 체계적으로 사람을 살리는 과정 안에서 해철은 안도를 느꼈다.

병원에 도착해서 응급실에 들어갈 때 수납을 맡는 간호사가 물었다.

"보호자 분이신가요?"

해철은 재차 고민했다. 보호자라고 섣불리 말하기에는 자칫 잘못하다가 납치범으로 휘말릴 수 있었다. 하지만 지호는 지금 당장 보호자가 필요했다. 해철은 고개를 끄덕였다.

지호의 휴대폰에 저장되어있던 지호의 부모님과 현진에게 전화한 후 해철은 응급실 앞 의자에 털썩 주저앉았다. 이제 그가 할 수 있는 일은 남지 않았다. 구급대원들도 급박한 상황일 뿐 생명에 큰 위험이 있는 것은 아니라고 했으니 지호는 괜찮을 것이다. 그렇게 믿어야 했다. 해철은 아직도 잘게 떨리는 손을 쥐었다 펴기를 반복했다. 긴장이 서서히 풀리자 의족을 끼운 오른 다리의 잔해가 아파 왔다. 사람의 반쯤만 감당하던 평소와는 다르게 두 명의 무게를 짊어지고 혹사당한 다리는 벌겋게 부어올라 있었다. 해철은 바지를 걷고 의족을 비틀어 빼면서 뭉툭한 오른 다리 둥치를 쓰다듬었다.

그리고 벼락같이 충격이 왔다.

사람들이 지나다니는 복도에서 아무렇지 않게 의족을 벗고 자신이 불구라는 것을 드러낸 스스로가 놀랍다 못해 낯설었다. 불구, 해철은 그 단어를 곱씹었다. 아무에게도 말로 내뱉지는 않았지만 해철은 늘 자신을 불구라고 생각했다. 그에게 있었던 것이라고는 몸뚱이 하나뿐이었기에, 그것조차 돌이킬 수 없을 만큼 망가져 버린 자신에게는 아무것도 남지 않았다고 생각했다. 온전히 수리할 수도 없고 수리하는 것보다 폐차해버리는 것이 경제적이었던 그의 트럭 같은 신세라고 생각했었다.

 하지만 아니었다. 고작 이런 몸으로도 쓰러진 아이를 업고 옮길 수 있었다. 구급차를 부르고 보호자 노릇을 할 수 있었다. 지호를 살리는 것은 구급대원들과 의료진이라고 하더라도, 도움을 받도록 데려다줄 수 있었다. 다리가 있었다면 지호를 가볍게 업고 뛸 수도 있었으리라. 지금보다는 더 수월하게, 더 잘 도울 수 있었을지도 모른다. 그래도, 지금도 허덕이면서라도 무언가 할 수 있었다. 그는 트럭이 아니라 사람이어서 타인을 도울 수 있었다. 사람과 사람이 살아가는 사회 속에서는 사람의 경제성보다 더 큰 가치를 존중해주었기에 그는 사람답게 살아가 볼 수 있었다.

 해철의 바지 자락은 펄럭거렸다. 하지만 잃어버린 다리만큼 구멍 났던 마음은 얼기설기 기워졌다. 앞으로도 수없이 넘어질 게 뻔했다. 그러나 이제는 넘어져도 바닥에 붙어 중력에 수그리고 싶은 생각이 없었다. 그는 벌레가 아니라 인간이었다. 비록 한 짝이라도 다리가 남아있었고 척추는 여전히 꼿꼿하게 중력에 저항할 수 있었디. 문명과 사회가 만들어내 의족이 그를 지탱해주었다.

그래서 그는 하루를 더 살아가 볼 수 있을 것 같았다.

도로시는 현진의 작은 손에 이끌려 서울 시내를 건너서 마침내 현진의 집에 도착했다.
"들어와. 평일 낮이라 아무도 없을 테니까 편하게 있어."
현진은 집에 도착하자 축적된 피로가 풀린 듯 가방을 현관 앞에 털썩 내려놓고 자신도 온몸을 소파에 맡기며 주저앉았다. 도로시는 조심스레 타인의 영역에 발을 내디뎠다. 낯선 사람들이 사는 곳일 텐데, 심지어는 자신을 데려온 현진조차 오늘 처음 본 사람인데도 왠지 모르게 편안한 분위기가 맴돌았다. 사람 냄새가 났다. 손때 묻은 주전자에서 고소한 보리차 냄새가, 어설픈 손뜨개 쿠션의 무늬가, 살짝 시든 화초들이 도로시의 집을 떠올리게 했다.
"안녕하세요."

도로시는 비어있는 집의 주인들이 아닌 한 가족이 물씬 스며든 집 그 자체에 인사했다. 쌓여있던 하루의 피로가 느슨하게 풀렸다. 도로시도 현진의 옆자리에 앉아 등을 한껏 소파에 기대었다. 키가 훌쩍 큰 소녀와 조그마한 여자는 나란히 앉아 나른한 오후의 햇살에 그만 잠들어 버렸다.

현진은 웅웅거리는 진동 소리에 잠에서 깨었다. 해철이었다. 아직 수마에서 완전히 자유로워지지 못한 현진은 헛손질만 몇 번 하다가 전화를 받았다. 나른한 거실의 공기와는 상반된 목소리가 들렸다.

"현진 씨, 지호가 쓰러져서 지금 응급실에 와있습니다."

현진은 잠의 잔해가 싹 달아나는 것을 느끼며 곧바로 일어섰다. 급작스러운 일이 있을 때면 불안이나 초조함은 억지로 눌러놓고 정신을 명징하게 만들어야 했다. 옆에 아직 잠들어있는 도로시를 툭툭 치며 깨운 뒤 해철의 설명을 마저 들었다.

"지금 고비는 넘긴 것 같은데 그래도 알아야 할 것 같아서 연락합니다. 지호 부모님한테는 이미 연락했는데 현진 씨도 도로시 데리고 오고 싶으면 어딘지 알려드리겠습니다."

일견 침착하게 들렸던 해철의 목소리에 떨림이 묻어 났다. 도로시는 현진의 손길에 눈을 비비다가 흘러나온 해철의 말에 얼음장처럼 굳었다.

현진과 도로시는 굳이 서로에게 묻지도 않고 빠르게 집을 나섰다. 도로시의 마음이 쿵 내려앉았다. 오로지 자신을 돕기 위해서 약한 몸을 끌고 서울까지 왔는데, 혹시 잘못되기라도 한다면. 도로시는 계속 최악의 상황만 떠올랐다. 게다가 도로시는 현진이나 해철이 모르는 지호의 과거를 알았다. 지호가 얼마나 위태로울 수 있는지를 속속들이 알았다. 거대한 불안에 잠식된 도로시는 제 기능을 하지 못했다. 그래서 현진은 도로시를 데리고 병원으로 향했다.

응급실 앞에는 지친 표정의 해철이 앉아있었다. 도로시와 현진은 그의 옆에 말없이 앉았다. 세 사람은 연약한 아이가 다시 저 스스로 숨을 찾을 때까지 움직이지 않았다.

삑, 삑. 기계음이 들린다. 항상 청각은 다른 감각보다 먼저 돌아왔다. 지호는 익숙한 소독약 냄새와 부산스러운 소음에 눈을 떴다. 눈꺼풀은 언제나처럼 무거웠다. 지호는 이따금 생각했다. 눈을 뜰 수 없을 만큼 몸에 피가 돌지 않는다면, 그때는 정말 끝없는 잠에 드는 걸까? 온 마음을 다해 하루를 더 살아보고 싶은데도 어둠을 걷을 수 없다면 그건 생매장당하는 기분일 거야.

 눈을 뜨고 시야가 돌아오자 흐릿한 시선에 부모님의 얼굴이 닿았다. 아빠는 여느 때처럼 젖은 얼굴로 지호의 손을 붙잡고 있었고 엄마는 지친 표정으로 침대 끝에 앉아있었다. 눈을 뜬 지호를 발견한 부모님은 처음 오는 병원에서도 익숙하게 호출벨을 눌렀다. 가족의 정석 사이로 응급실 안 삶과 죽음의 소리가 오갔다. 의사 선생님이 왔다. 그 뒤로는 상기된 얼굴의 도로시와 현진, 해철이 뒤따라 들어왔다. 모두 할 말을 찾지 못해 우물거리는 사이 의사 선생님은 지호의 상태를 파악하기 위해 몸을 기울였다. 의사 선생님이 깨어난 환자를 살피는 데에 이골이 난 것처럼 지호도 그 일련의 과정에 너무 익숙해져 있었다. 자신의 심장에 연결된 전기 신호를 빤히 쳐다보다가 수액 주머니를 한번 확인하고 가슴에 청진기를 대어 보았다.

"현재로서는 안정된 상태입니다. 별 이상은 없지만 그래도 산소 공급이 차단된 후유증이 있을 수 있으니 내일까지는 병원에 있다가 퇴원하시죠."

의사 선생님은 살짝 고개를 숙이고는 커튼 사이를 빠져나갔다. 지호는 문득 궁금해졌다. 만약 자신이 이번에 죽었더라면 저 선생님에게는 몇 번째의 죽음일까?

찰싹. 소리에 비해 팔은 아주 조금만 따끔거렸다. 지호의 아빠는 그렁그렁 눈물을 매달고는 지호를 살짝 때렸다. 원망과 불안을 말하고 싶지만 목이 메이고, 분노를 표출하고 싶지만 지호를 차마 아프게 할 수 없어서 그랬을 것이다. 엄마는 숨을 크게 내쉬더니 물었다.

"대체 무슨 이유로 서울까지 와서 쓰러진 거니?"

부모님은 언제나 올곧았다. 제멋대로 학교를 박차고 나가서 서울로 가출한 자식을 질책할 법도 했다. 몸도

약한 것을 알면서도 스스로 혹사한 지호를 훈계할 법도 했지만 그렇게 하지 않았다. 언제나 이유를 물었다. 납득할 만한 이유가 아니어도 받아들이려고 노력했다. 부모님은 너무 좋은 사람들이라서 원망할 수 없었다. 그게 지호를 더 답답하게 했다.
"······답답해서요."
 고작 그것밖에 말할 수 없었다. 자신의 삶이, 부모님을 거스를 수 없는 자신이, 나의 짧은 수명이 답답했다고 구체적으로 말할 수는 없었다. 그렇게 이야기했다가는 부모님은 지호를 이렇게 낳은 본인들의 탓이라며 자책할 것이 뻔했다. 부모님도 말을 삼켰다. 지호도 마찬가지였다. 서로를 너무 사랑해서 말들은 자꾸 끊겼다.

 부모님의 한 발짝 뒤에서 지호를 지켜보던 도로시는 그것을 알아챘다. 도로시는 조용히 지호의 부모님에게 지호와 단둘이 이야기해도 되는지 물었다. 부모님은 커튼 뒤로 물러났다.
 도로시는 말했다. 아니, 말하기 전에 끌어안았다.
"지호야. 고마워."
 평소에도 사소한 도움을 건넬 때마다 듣는 대답이었다. 하지만 똑같은 세 글자라고 해도 그 안에 담긴 무게는 달랐다. 도로시의 진심이 그득하게 들어찬 말은 지호에게 무겁게 가서 닿았다. 지호는 오직 그것을 바랐다. 그래서 울음은 다시 터져 나왔다.

"나는 그냥 이기적이어서 널 도운 거야. 죽기 전에 누군가의 삶에 흔적을 남기고 싶어서. 내가 너를 캔자스에 갈 수 있도록 하면, 그래서 네가 행복해진다면. 내 인생에도 뭔가 의미가 생길 것 같아서. 나는 그냥 나를 위해서 이런 거야."

도로시는 꽉 끌어안은 품을 놓지 않았다.

"알아. 그래도 상관없어. 네 이유가 뭐였든, 결과가 어떻게 되든 괜찮아. 너는 내가 가장 외로울 때 곁에 있어 주고 가장 힘이 없을 때 나서줬잖아. 네가 지금까지 살아온 궤적이 만들어낸 너라는 존재가 나에게는 무엇보다 가장 큰 힘이 되었어. 나처럼 표현하지는 못해도 나만큼 도움받은 사람이 많을 거야. 너는 그만큼 다정한 사람이니까. 네가 꼭 아주 뛰어나게 좋은 사람일 필요는 없어. 그렇지 않아도, 무엇에도 상관없이 너를 사랑하는 사람이 있으니까. 너는 충분히 깊은 발자국을 남겼어."

도로시는 사람에게 절실하게 필요한 말을 할 줄 아는 사람이었다. 지호는 사람의 진심을 알아챌 수 있는 사람이었다. 두 아이는 서로를 끌어안은 팔을 놓지 않았다.

 도로시의 뒤에서 현진이 입을 뗐다.

 "그리고 지호야, 어쩌면 발자국을 남기는 게 꼭 좋은 건 아닐지도 몰라."

 지호는 도로시의 품에서 고개를 들어올렸다. 지호는 짧은 생애 동안 가장 깊고 굵게 흔적을 남기는 것만을 목적으로 삼아왔다. 현진은 다른 말을 했다.

 "죽음을 지척에 두고 살면 두려울 수밖에 없지만 결국 모두의 마지막은 죽음일 수밖에 없어. 물 위를 걷는 것처럼 가장 가볍게 살아가는 것이 답일지도 몰라."

 현진은 자신이 사랑하는 사람 중에 가장 늦게 죽고 싶었다. 자신의 죽음 때문에 누구도 슬퍼하지 않기를. 흔적을 남긴다는 것은 누군가의 슬픔과 절망을 수반할 수밖에 없으니까. 자신이 수류탄처럼 터진다면 가장 적은 사상자를 내고 싶었다. 그게 현진의 답이었다.

 아무 말도 꺼내지 않으려던 해철도 힘겹게 말을 시작했다.

 "응급실 밖에서 기다리면서 많은 생각을 했어. 그리고 깨달았지. 만약 네가 건강하게 회복한다면, 꽤 오랜 시간을 살아가면서 사람들과 이런저런 연을 만들고 거미

줄처럼 얽힌 인연을 만들어낸다면. 그럼 나도 사람 하나를 살린 쓸모가 생기는 거라고. 너를 살리기 위해서 다리를 잃고 처음으로 달렸다. 네가 나를 뛰게 했어."

 지호는 젖은 얼굴로 세 사람과 눈을 마주쳤다. 처음으로 지호는 누군가의 아들이나 친구로서가 아니라 그냥 공지호로서의 가치를 인정받은 것만 같았다. 고작 말뿐이었다. 그래도 지호는 그것에 위로받았다. 말로 옮긴 마음과 위로에는 그런 힘이 있었다. 지호는 이것만으로도 자신의 삶에 만족할 수 있었다. 다시 한번 숨이 턱 끝까지 차도록 뛰어도, 다시 한번 쓰러지더라도 후회가 없을 것 같았다. 지호는 드디어 무섬증을 떨치고 세상에 맞서 온몸을 다해 부딪힐 수 있을 것만 같았다.

빈자리를 사랑하는 방법

세 사람은 지호의 침대 곁에서 밤을 새웠다. 지호는 하룻밤을 푹 자고 일어나 도로시의 곁을 지키고자 했다. 지호의 부모님은 커튼 뒤에서 새어 나오는 이야기를 들었다. 자신들은 절대 줄 수 없는 위로를 준 도로시에게, 지호의 목숨을 살려준 해철에게 그들은 고집을 굽히고 아들을 보내주었다. 그렇게 네 사람은 도우주의 회사로 향했다.

"그래서 언제까지 갚을 수 있는데. 기한을 안 주면 우리도 우리 식대로 하는 수밖에 없어!"
　멀끔했던 도우주의 매무새는 땀과 당혹에 흐트러져 있었다. 그는 험악한 인상의 사람들에게 굽신거리기를 반복했다. 도우주의 사무실에는 빨간 가압류 딱지가 곳곳에 붙어있었다. 도로시는 빨간 딱지의 의미를 몰랐다. 하지만 현진과 해철은 그 광경을 보자마자 알아챘다. 도우주는 겉보기에는 호방한 부자처럼 보였지만 사실상 빚쟁이에 가산이 압류된 허영덩어리였을 뿐이었다.

빚을 독촉하던 사람들이 떠나고 현진과 해철은 도로시보다도 먼저 울분과 분노를 쏟아냈다.

"당신, 도로시를 도울 방도도 없으면서 허언만 내뱉은 겁니까?"

"빈말할 거면 차라리 못 도와준다고 하지, 이게 뭐예요?"

푹 숙여 펴질 줄 모르던 도우주의 고개는 쑥 올라왔다. 정말로 도로시와 그녀의 일행이 다시 돌아올 줄 몰랐다는 듯이, 아니, 그들을 염두에 둘 여유조차 없었던 것처럼. 그는 여유로운 가면이 벗겨져 완전히 무너진 표정으로 그들을 쳐다보았다. 그는 입을 뻥긋거리기만 하다가 주춤거리면서 도로시에게 시선을 돌렸다.

"미안하다."

도로시는 그제야 상황을 알아차렸다. 그녀가 캔자스로 돌아갈 유일한 방편은 사실 허상일 뿐이었다. 사실 도우주라는 사람은 아빠에 대한 애정조차 없을지도 몰랐다. 도로시는 슬픔과 허무를 인식하기도 전에 눈앞이 뿌옇게 물들었다. 도로시는 정말 캔자스로 돌아갈 길이 없었다.

 도우주는 지레 죄책감을 느꼈다. 도로시에게, 그리고 장례식조차 가지 못한 그의 형에게 미안했다.
 도우주와 도로시의 아빠 도우경은 어릴 때 부모님을 졸졸 쫓아 낯선 미국에 정착했다. 도우경은 그야말로 모범적인 아들이었다. 힘겹게 세탁소를 운영하는 부모님을 돕고 좋은 대학교를 졸업하여 뉴욕에서 화려한 경력을 쌓았다. 그러다가 문득 교환학생으로 미국에 온 도로시의 엄마를 만나서 결혼했다. 그는 도로시가 생기자마자 뉴욕에서 아이를 키우기에는 경제적으로도 환경적으로도 좋지 않다고 판단하자마자 미련 하나 없이 캔자스로 이사했다. 도우주는 그의 형을 도무지 이해할 수 없었다. 자신이 간절히 바랐지만 성취할 수 없었던 모든 것을 이루고서도 그것들은 아무런 가치도 없다는 듯이 전부 다 버리고 시골구석에 들어가서 살았다.
 도우주는 그의 형에게 처음이자 마지막으로 모든 밀들을 쏟아부었다. 도대체 왜 합리적인 선택지를 버리고 고작 가족을 위해 모든 것을 포기하느냐고. 아마 그 말다툼에는 형에 대한 걱정보다는 형에 대한 열등감과 원망 그리고 스스로에 대한 자괴감이 더 많이 섞여 있었을 것임을 자신도 알았다. 아무것도 이루지 못한 채 도우주는 그렇게 한국으로 도피했다. 미국 대학교를 졸업했다는 것을 부풀려 포장하고 일상어에 영어를 일부러 섞어 쓰면서 허장성세로 투자금을 유치했다. 사업을 벌이고 규모를 늘리는 것도 전략적인 선택이라기보다 허황된 욕망에 가까웠다. 형의 선택이 틀렸고 자신이 옳았다고 말하고 싶었다. 그러나 그의 모래성은 어느 순간 무너지기 시작했고 자신의 선택을 정당화하고 싶었던 형마저 죽었다.

도우주는 출국금지 처분을 당해서 한국을 떠나 장례식에 갈 수 없었다며 변명했다. 정말로 도로시를 도와주고 싶었노라고, 형의 장례식에마저 못 갔으니 그의 딸이라도 돕고 싶었던 것이라고 절절하게 말했다.

도로시는 흐려진 시야를 닦고 그녀의 숙부를 빤히 쳐다보았다. 도우주는 도로시의 눈빛을 슬쩍 회피했다. 눈조차 마주치지 못하는 그는 스스로에게조차 당당할 수 없는 사람이었다. 불쌍한 사람이었다. 원망조차 할 수 없을 만큼, 허영과 껍데기로만 점철된 누더기로 초

라한 본모습을 가리기에 급급한 사람이었다. 도로시는 등을 돌렸다. 아무 말도 할 수 없었다. 할 말이 없었다.
　도로시는 터덜터덜 도우주의 회사에서 걸어 나갔다.

　이제 어디로 가야 하지? 막막할 뿐이었다.
　그 순간, 지호의 부모님을 통해 도로시의 행방을 알아낸 이모가 도우주의 회사 앞으로 찾아왔다. 땀에 축축하게 젖고 머리카락은 산발이 되어서 토네이도를 뚫고 온 사람처럼 도로시의 앞에 섰다. 이모는 도로시의 어깨를 붙들고 터져 나오는 말을 쏟아내고 싶었다. 하지만 그녀는 말을 삼켰다. 삼키지 못한 말은 오직 그것뿐이었다. 다행이야. 무사해서 정말 다행이야. 차마 떨어지지 못한 눈물과 메인 목소리. 반복되는 말에 담긴 절절한 진심은 누구라도 알아볼 수 있었다.
　도로시는 여태까지 이모가 자신을 그리 좋아하지 않는 줄로만 알았다. 하지만 만약 이렇게까지 그녀를 걱정했다면 도로시가 간절히 원하는 바를 이루어주지 않을까 하는 소망이 일었다. 도로시는 이모의 애정에 물었다.
"이모. 저 캔자스에 돌아가고 싶어요."
　도로시는 캔자스에 두고 온 자신이 삶과 사람들을 말

했다. 속사포처럼 뱉어냈다. 그곳에서 어떻게 제대로 살 수 있는지. 1년 조금만 넘으면 대학교에 가서 혼자 삶을 꾸려 나가볼 수 있다고. 이모는 가만히 서서 도로시의 이유를 들었다. 도로시가 자신의 마음 밑바닥까지 하고 싶은 말을 쏟아내고 나서야 이모는 입을 뗐다.

"이모가 도로시를 설득해 봐도 될까? 만약 납득가지 않아서 나중에라도 캔자스로 돌아가고 싶다면 가서 살아갈 수 있게 방편을 마련해줄게."

이모는 도로시 엄마의 이야기를 했다. 정확히는, 자신이 알았던 언니의 이야기를 들려주었다.

나보다 열 살이나 많은 언니였어. 맞벌이였던 부모님이 하루 종일 일하시는 동안 언니는 부모님을 대신해서 내 엄마이자 친구가 되어주었지. 어리고 아무것도 모르던 나를 앞에 앉혀두고 언니는 수많은 꿈에 대해 이야기했어. 세상을 누비면서 넓고 거대한 꿈을 펼쳐보겠다고. 정말로 그렇게 태평양을 건너서 가버릴 줄도 모르고 나는 언니가 멋있다고만 생각했어. 그런데 언니가 대학교를 졸업하고 떠난 미국에서 남편을 만나 갑자기 결혼해서 아이를 낳고 그곳에 정착했을 때는 너무 속상했지. 내 언니를 미국에, 언니의 남편에게, 그리고 도로시에게 빼앗겨버린 것만 같았어. 그때 고등학생이라서 그랬는지 조금쯤은 질투하고 미웠던 것 같기도 해. 그런데 미국에 언니를 보러 갔을 때 끝없는 평야의 캔자스에서 얼굴 주름을 한껏 패며 웃는 언니를 보고 그 품에 안겨있는 도로시의 작은 손을 잡고서는 웃을 수밖에 없더라. 그때 언니는 이런 말을 했어.

 희진아. 혹시 나랑 남편이 죽으면 네가 도로시를 돌봐줘.

 언니는 무슨 그런 불길한 말을 해? 아직 두 사람 다 젊으면서.

 사람 일은 어떻게 될지 모르는 거잖아. 우리 둘 다 부모님은 돌아가셨고. 네가 도로시에게 집이 되어줘. 사람은 다 자기만의 방이 있고, 따뜻한 밥을 먹을 주방이 있고, 차 한 잔을 마시면서 도란도란 이야기를 나누는 가족이 있는 집이 필요하잖아. 어릴 때 우리가 서로에게, 내가 너에게 그런 집이 되어줬던 것처럼 너도 도로시에게 집이 되어줘.

 "나는 그때 아마도 당혹스러운 표정을 지었었나 봐. 그때 나는 고작 스무 살이었으니까. 아이를 하나 맡아서 키우는 건 상상도 해보지 못한 일이었지. 그린데 언니가 그러더라."

오즈의 마법사에서 도로시가 그토록 캔자스에 돌아가고 싶었던 이유는 가족이었잖아. 부모님이 아니어도 가족이고 집일 수 있어. 도로시가 어디든 갈 수 있게 해주고 얼마든지 돌아올 수 있는 집이 되어줬으면 좋겠어.

"그 말을 잊고 살았던 것 같아. 네게 집이 되어주지 못해서 미안해. 내 언니를 갑자기 잃어버리니까 정말 천애 고아가 된 것 같았어. 태평양 너머에 살던 언니가 토네이도에 휩쓸려 갑자기 죽어버렸다는 게 납득가지 않았어. 나도 이렇게나 힘들었는데, 부모님을 잃어버린 너는 더 힘들었을 텐데 미처 신경 쓰지 못하고 내 아픔에만 침잠해 있었어. 언니의 빈자리를 잊으려고, 애써 무시하려고 일에만 몰두했었어. 도망치는 건 답이 될 수 없다는 걸 알면서도 회피하고 싶었나 봐."

"같이 네 엄마를, 내 언니를, 찬란했던 사람을 기억하자. 기억하는 만큼 빈자리가 여실히 느껴지겠지만, 같이 그 자리를 차지했던 사람에 대해 이야기하자. 그렇게, 사람처럼 서로에게 기대어서 빈자리를 끌어안고 살아가자. 로시야, 내가 네 집이 될 기회를 주지 않을래?"

도로시는 울었다. 하염없이 비가 흘렀다. 이모가 도로시를 끌어안고 한참을, 그렇게 이모의 앞섶과 도로시의 등이 축축해질 때까지 서 있었다. 기대었다. 서로에게. 둘 사이의 빈틈에는 애정이, 사랑이, 그리고 도로시의 엄마가 가득했다.

 도로시의 부모님은 이미 없었다. 돌아오기를 수백, 수천 번 빌어도 돌아오지 않을 것이다. 그것은 어쩌면 평생 도로시를 괴롭힐지도 모른다. 그러나 도로시는 이제 부모님의 빈자리를 끌어안고 살아가 볼 수 있을 것만 같았다.

 도로시는 젖은 얼굴을 들어 자신의 등 뒤를 지켜준 일행을 돌아보았다. 가족이 있는 곳이 고향이라면 이모가, 그리고 지호, 현진, 해철이 있는 이곳이 도로시의 집이었다.

지은이 　 김효찬

도로;시

초판 1쇄 발행 2024년 3월 31일

편집자 정한나, 임지인, 장서영
펴낸이 조승래
펴낸곳 밤산책가
디자인 장예슬
출판등록 제2023 -000024호
주소 광주광역시 동구 금남로 245
연락처 yeosu115@naver.com

밤산책가

ISBN 979-11-974185-8-7
ISBN 979-11-974185-7-0 (세트)